Con Amor

de tus primos, Que sofía / Juan José

y tres tíos

Paula Cristian - Raúl eduardo

Dic 21/2017

Traducción: Claudia González Flores y Arlette de Alba

Phoenix International Publications, Inc.
8501 West Higgins Road, Suite 300, Chicago, Illinois 60631
Lower Ground Floor, 59 Gloucester Place, London W1U 8JJ

Servicio a clientes: customerservice@pikidsmedia.com

www.pikidsmedia.com

Fabricado en China.

8 7 6 5 4 3 2 1

ISBN: 978-1-4127-3516-2

El tesoro de los valores

Ilustrado por Lance Raichert

phoenix international publications, inc.

Contenido

Contenido

Escuela Primaria
Valle Verde
Clase de la Srita. Gallina

Amigos de campamento

Escrito por Brian Conway

Perrito está ansioso por llegar a casa para empezar a empacar. Sus amigos harán un campamento en el bosque ¡y ésta será la primera noche que Perrito pase fuera de casa!

Perrito atiborra su mochila con todo lo necesario y llena su cantimplora con suficiente agua para todos. Seguramente la nueva bolsa de dormir de Perrito lo mantendrá cómodo y abrigado dentro de su tienda de campaña nueva.

Perrito se encuentra con los demás a la orilla del bosque.

"¿Trajiste el agua?", pregunta Gatita.

"Aquí la tengo en mi mochila", contesta Perrito. "¿Quién trae los malvaviscos?"

"¡Mi mochila está llena de malvaviscos!", dice Hipo. "¡Habrá suficientes para nosotros y los demás excursionistas que encontremos!"

"¡Otros excursionistas!", exclama Tortuga. "No encontraremos a nadie más adonde vamos."

Mientras caminan rumbo al campamento, los amigos comentan lo mucho que se divertirán.

Amigos de campamento

Amigos de campamento

Antes de que anochezca, los amigos preparan su campamento. Hipo y Oso recogen varitas para encender una fogata.

Puerquito es el primero en tener lista su tienda, pero Perrito necesita ayuda: su tienda nueva está toda enredada y tambaleante, casi no logra levantarla, pero Puerquito lo ayuda con gusto. Cuando terminan, ya es hora de cenar.

"¡Creí que comeríamos algo ligero antes de cenar!", dice Hipo. Los amigos se reúnen alrededor de la fogata y asan malvaviscos con unas varitas mientras su cena está lista. ¡Y como postre, comen más malvaviscos!

Perrito pasa la cantimplora alrededor de la fogata. "¡Esto es estupendo!", dice Perrito. "¡En casa nunca comemos postre antes y después de cenar!"

Cuando se pone el sol, sólo la luz de la luna y su fogata alumbran el campamento. Entonces, Gatita empieza a contar una historia de terror.

Muy juntos alrededor de la fogata, en medio de la oscuridad del bosque, escuchan el cuento de Gatita sobre un fantasma que vive en un viejo sauce llorón.

El solitario fantasma solloza la noche entera. Cuando todos duermen, el fantasma vuela de un campamento a otro.

Todos escuchan con interés la historia de terror de Gatita y quieren saber por qué llora el fantasma. Entonces llega el ridículo final de la historia de terror.

"Haaay, haaay", gime Gatita haciendo la voz más fantasmal que puede. "¿Haaay alguien que comparta sus malvaviscos con un fantasma hambriento?"

Los amigos se ríen. A todos les gustó la historia de Gatita. A todos excepto a Hipo. "Ay, comí demasiados malvaviscos", dice Hipo. "Dejaré los que quedan para tu fantasma, Gatita. Me voy a dormir."

"Se está haciendo tarde", dice Perrito. "¡Y ya quiero estrenar mi nueva bolsa de dormir!"

"Ponla aquí afuera con nosotros", dicen Puerquito y Tortuga. "¡Vamos a dormir bajo las estrellas!"

"¡Eso sí que parece una aventura!", dice Perrito, y cuando todos están cómodos dentro de sus bolsas de dormir, apaga su linterna.

Amigos de campamento

La fogata se va reduciendo a un pequeño resplandor, y el campamento se enfría un poco. ¡Perrito no sabía lo oscuro que era el bosque de noche! Está acostumbrado a dormir con una lamparita encendida junto a su cama, y desearía haber dejado encendida la linterna.

Perrito se acurruca dentro de su bolsa de dormir. Le gusta estar lejos de casa. También le agrada estar afuera, con el cielo y las estrellas sobre él. Pero de todas formas no puede dormir, así que decide contar las estrellas que brillan en el cielo hasta quedarse dormido.

Mientras Perrito cuenta cuidadosamente, ¡una de las estrellas se mueve y otra desaparece! Perrito se frota los ojos y sigue contando. Una de las estrellas centellea de nuevo.

Después de todo, ¡tal vez a Perrito no le agradan tanto esas traviesas estrellas que tratan de engañar a sus ojos somnolientos!

Perrito piensa que preferiría la tienda de campaña. Aún dentro de su bolsa de dormir, Perrito se arrastra como gusano hasta su tienda de campaña, donde Ratoncita y Oso ya están profundamente dormidos.

Perrito se siente mucho mejor dentro de la tienda. Con Oso y Ratoncita ahí, y un poco de techo sobre su cabeza, Perrito se siente cobijado y seguro.

Pero está mucho más oscuro dentro de la tienda. ¡Perrito ni siquiera puede saber si sus ojos están abiertos o cerrados! Entonces, sale por la linterna para tenerla junto a él en caso de necesitarla.

Sólo hay oscuridad a su alrededor, y Perrito aún no tiene sueño. Sus orejitas se levantan cada vez que oye chisporrotear la fogata o el susurro de las hojas secas.

Perrito escucha un nuevo sonido en el bosque cerca del campamento.

"Shuuush, cri-cri-iiic", remolinean los sonidos y después se van.

"Shuuush, cri-cri-iiic", Perrito los escucha de nuevo.

"¿Quién anda ahí?", susurra Perrito y levanta la linterna, pero lo único que ve es a Ratoncita y a Oso, que ni siquiera se mueven.

Perrito comienza a desear estar en casa, donde los únicos sonidos misteriosos son los rechinidos de su vieja cama.

Amigos de campamento

Perrito espera a que el ruido se vaya y mete la cabeza dentro de su bolsa de dormir.

Justo cuando creía que se quedaría dormido, Perrito lo escucha otra vez: "Shuuush, cri-cri-iiic."

Perrito se pregunta por qué sus amigos no escuchan el susurro lúgubre y escalofriante.

"Debe ser porque están dormidos", murmura. "¡Yo también debería estar durmiendo!"

Perrito decide olvidarse de los ruidos del bosque, se siente ridículo por asustarse tanto y no quiere tener miedo en su primera noche fuera de casa. ¡Quiere que esa noche sea muy divertida!

Perrito tararea una melodía, algo que lo ayude a quedarse dormido. Pero cuando deja de tararear, escucha un sonido diferente. Este sonido no viene del bosque. ¡Está justo ahí, dentro del campamento! ¡Algo gruñe y retumba alrededor de sus tiendas!

Perrito se asoma. ¡Las luces centelleantes que vio en el cielo ahora brillan por todo el campamento!

Perrito escucha otro gruñido y otro trueno. Da un aullido y se lanza nuevamente dentro de su bolsa de dormir para esconderse. Ratoncita y Oso comienzan a despertar.

"¿Qué pasó?", susurra Ratoncita.

"¿Te asustó algo allá afuera, Perrito?", pregunta Oso.

"Algo anda gruñendo por todo el campamento", lloriquea Perrito desde dentro de su bolsa de dormir.

Oso escucha con atención por un momento, y entonces Ratoncita se ríe. "Hipo siempre ronca cuando come demasiado postre", dice sin parar de reír.

Perrito asoma la cabeza para ver. En efecto, Hipo está roncando, pero las extrañas luces aún vuelan sobre la fogata.

"¿Qué hay de esas luces centelleantes?", pregunta Perrito.

"¿No has oído hablar de las luciérnagas?", se ríe Oso.

"Tienen luz", explica Ratoncita.

"Viven aquí en el bosque, y les gusta jugar alrededor de las fogatas", agrega Oso.

Perrito se siente muy tonto. Apaga la linterna y se vuelve a meter a su bolsa de dormir.

Amigos de campamento

Antes de volverse a dormir, Oso y Ratoncita le preguntan a Perrito: "¿Vas a estar bien?"

Perrito está avergonzado, y sólo asiente con la cabeza. Ratoncita y Oso se vuelven a meter a sus bolsas de dormir. Aparte de los ronquidos de Hipo, el campamento vuelve a estar en calma.

Pero los oídos de Perrito siguen en alerta. Escucha el mismo susurro chirriante de antes. "¡Shuuush, cri-cri-iiic!"

"¿Oíste ese horrible susurro?", le dice Perrito a Oso. "¿Y qué me dices de esos espantosos chirridos?"

"Sólo son sonidos del bosque", contesta Oso. "Ven, te lo mostraré."

Oso saca la linterna de su mochila y guía a Perrito entre los árboles que rodean el campamento. Después, dirige la luz a lo alto de los árboles.

"Cada vez que el viento sopla entre las ramas, los árboles susurran", explica Oso.

Después, Oso dirige la luz hacia los arbustos y dice: "Aquí están tus espantosos chirridos." ¡Oso está señalando una familia de amigables grillos!

Ya en la tienda, Perrito se mete a su bolsa de dormir y se disculpa por haber despertado a sus amigos. Ratoncita y Oso son muy comprensivos.

"Esta es tu primera noche fuera de casa", dice Ratoncita.

"Y siempre hay sonidos nuevos en lugares nuevos", agrega Oso.

Oso deja encendida su linterna para Perrito. Le gusta tener una lucecita junto a él, pero no cree que la necesite ahora. Sus amigos están ahí con él.

"Ya no tengo miedo", les dice a sus amigos de campamento. "Sólo tengo sueño."

Perrito escucha tranquilo todos los sonidos del bosque. Ahora que sabe de dónde vienen los sonidos, es fácil dormir afuera. Los sonidos se mezclan para formar una suave melodía del bosque.

El viento silba entre los árboles y los grillos chirrían para llamarse unos a otros. Hipo da un ronquido que retumba por todo el campamento. Al poco rato, Perrito agrega su propio ronquidito a las suaves canciones del bosque.

El compañero nuevo

Escrito por Sarah Toast

Ya casi es hora del recreo en el salón de clases de la señorita Gallina. Han pasado la mañana leyendo, escribiendo y aprendiendo ortografía.

Los estudiantes están sentados en silencio, esperando que les den permiso de salir. Es un día soleado, y esta mañana, Perrito ha mirado a la ventana muchas veces.

Perrito se sienta derecho como si estuviera poniendo mucha atención, pero realmente está pensando en lo divertido que será jugar a perseguir a sus amigos en el recreo. Conejita está inventando un nuevo baile, y quiere practicarlo en el patio.

Puerquito quiere intentar un truco nuevo y audaz en el pasamanos. Ratoncita quiere jugar al escondite. Es su juego favorito para el recreo, porque en el patio hay muchos sitios buenos para esconderse.

Cuando todos se tranquilizan, la señorita Gallina dice: "Muy bien, niños. Pueden salir formados y en silencio al recreo. ¡Diviértanse! Yo saldré en unos minutos."

El tesoro de los valores

El compañero nuevo

Perrito encabeza el pequeño desfile silencioso por el pasillo, pero en cuanto los estudiantes salen al patio por las enormes puertas, comienzan a correr, a gritar y a jugar.

Conejita baila alegremente y dice: "Quiero que este baile se llame la Polca del Patio."

"Es un lindo baile", exclama Perrito, mientras corre feliz alrededor de Conejita.

Ratoncita quiere jugar al escondite. Salta hasta un nuevo agujero bajo un arbusto. Corre dentro del agujero. Después sale y grita: "¡Sorpresa!"

"¡Mírenme!", grita Puerquito. Está colgado por las rodillas de las altas barras del pasamanos, columpiándose hacia delante y atrás. "¡Miren... aaay!"

El pobre Puerquito se cayó de las barras. Conejita y Perrito corren a ver si está bien.

"Era parte de mi truco", dice Puerquito, casi sin aliento. "¿Quieren que lo haga de nuevo?"

"¡Claro!", grita Conejita.

Puerquito se siente feliz de contar con público.

Perrito, Conejita, Ratoncita y Puerquito están tan ocupados jugando que no notan al nuevo alumno que entra solo a la escuela. El compañero nuevo es Zorrillo.

Zorrillo observa jugar a todos los amigos. Espera agradarles. De verdad quiere hacer nuevos amigos en su nueva escuela.

Zorrillo mira el papel que trae en su mano. Tiene un "3" escrito. Encuentra la puerta con un número tres y abre la puerta del salón de la señorita Gallina.

La señorita Gallina va a ver a sus alumnos al patio. Al salir del salón se encuentra a Zorrillo parado afuera, mirando desde la puerta abierta.

"¡Qué bien! ¡Qué, qué!", cacarea la señorita Gallina. "¡Si es el nuevo alumno! ¡Estábamos a punto de prepararnos para recibirte! Ese es tu nuevo pupitre, Zorrillo, junto al pupitre de Perrito. Allá está la casilla para tu lonchera."

Zorrillo observa el reluciente salón y sonríe con timidez. Le agrada lo que ve, y la señorita Gallina hace que se sienta bienvenido de verdad.

El compañero nuevo

"¿Dónde están los demás chicos?", pregunta Zorrillo en voz muy baja.

"Los alumnos están en recreo", dice la señorita Gallina. Después agrega: "¿Por qué no vas con los demás al patio y pasas con ellos el resto del recreo? Yo prepararé tu pupitre con libros, lápices, papel y tijeras."

De pronto, Zorrillo se siente realmente tímido. Camina despacio por el pasillo y empuja la enorme puerta que da al patio. Ve a todos los alumnos que están jugando, pero no sabe cómo integrarse a ellos.

Para Zorrillo es una alivio que nadie lo vea. Camina junto al edificio rumbo a los arbustos que están en la orilla del patio de juegos.

Cuando llega a los arbustos se sienta a ver jugar a los demás. El sol forma sombras en los arbustos, así que es difícil ver a Zorrillo con su brillante raya blanca en la espalda. Puede ver jugar a los demás sin que nadie lo note.

Se pregunta si les agradará a sus nuevos compañeros de clase. Zorrillo teme que nadie quiera jugar con él.

Zorrillo siente un cosquilleo debajo de su pie, y un momento después, siente un fuerte golpe.

"Auch", dice Zorrillo levantando el pie, para frotarlo. En ese momento, Ratoncita sale de un agujero que Zorrillo ni siquiera había visto.

Ratoncita se aparta de Zorrillo, después voltea y dice: "¡Me asustaste! ¡Tapaste el agujero donde me estaba escondiendo!"

"No vi el agujero", dice Zorrillo. "Sólo estaba sentado mirando a los chicos jugar."

Ratoncita se da cuenta de que Zorrillo no representa ningún peligro, pero sigue teniendo cuidado con el chico rayado que nunca antes había visto.

"¿Sabes?", dice Ratoncita. "Este patio de juegos es sólo para los alumnos."

"Bueno", dice tímidamente Zorrillo, "yo soy nuevo aquí, es mi primer día de clases. La señorita Gallina me dijo que saliera al recreo".

"¡Vaya!, ¿por qué no lo dijiste antes?", exclama Ratoncita. "¡Yo te mostraré el lugar!"

El compañero nuevo

"Vamos al pasamanos, te voy a presentar a Puerquito", dice Ratoncita.

Zorrillo sonríe y camina hacia el pasamanos. Puerquito ve al chico rayado que se acerca a él, pero no ve a Ratoncita caminando a su lado.

Al principio, Puerquito se siente nervioso. Considera bajarse y correr con Perrito, pero después piensa: "Tal vez este chico nuevo aprecie el talento."

"Oye, niño", le grita Puerquito a Zorrillo. "¿Quieres ver el gran truco que puedo hacer?"

"¡Claro!", contesta Zorrillo.

Puerquito se columpia hacia delante y atrás colgando por las rodillas.

"¡Estupendo!", exclama Zorrillo.

"¿Por qué no lo intentas?", dice Puerquito.

"Puerquito, él es Zorrillo, el nuevo compañero de la escuela. ¡Le estoy mostrando todo!", dice Ratoncita.

Zorrillo sube a las barras, y él y Puerquito se quedan colgados por las rodillas lado a lado. "Bienvenido", dice Puerquito.

De pronto, aparece Conejita. Da un salto girando y cae graciosamente bajo el pasamanos… justo debajo de Puerquito y Zorrillo.

"¡Hola, ahí abajo!", dicen Puerquito y Zorrillo al mismo tiempo.

Conejita hace una reverencia y dice: "¡Hola, Puerquito! Estaba bailando la Polca del Patio."

Entonces, Conejita mira hacia arriba y da un salto, pero este salto no era parte del baile. Conejita salta porque le sorprende ver al chico nuevo y rayado.

Ratoncita llega al rescate. "Creo que no has tenido oportunidad de conocer a Zorrillo, nuestro compañero nuevo", le dice.

"Bueno, es un gusto conocerte, Zorrillo", dice Conejita, un poco cohibida. "¿Te gusta bailar?"

"Aún no lo sé", dice Zorrillo.

Puerquito y Zorrillo se sujetan de las barras y bajan al suelo. Zorrillo da dos pasos, un largo salto y cae con ambos pies.

Zorrillo y Conejita se ríen, y Ratoncita y Puerquito también.

El compañero nuevo

Perrito está corriendo por todo el patio, saltando sobre troncos y charcos imaginarios, cuando escucha reír a sus amigos. Con una enorme sonrisa, Perrito corre hacia sus amigos. Corre una vez alrededor de ellos antes de detenerse.

"¡Guau! ¡Eso fue divertido!", dice Perrito. "¿De qué se ríen?"

Ratoncita se adelanta y dice pomposamente: "Perrito, tenemos un nuevo compañero en la escuela. Nos gustaría presentarte a Zorrillo."

De repente, Zorrillo vuelve a sentirse tímido porque todos lo están viendo, y baja la mirada.

Perrito se da cuenta de la timidez de Zorrillo, así que se acerca y le pone amistosamente la patita en el hombro. "Es realmente maravilloso tener un nuevo compañero en la clase", dice Perrito.

"Así es", dice Ratoncita. "¡Especialmente a alguien con una raya tan linda!"

"¡Alguien que aprecia el talento!", dice Puerquito.

"¡Alguien a quien tal vez le guste bailar!", dice Conejita.

Zorrillo levanta la mirada y les sonríe a sus nuevos compañeros. "Es maravilloso estar aquí", dice.

"¡Tengo una idea!", dice Perrito. "¡Pensemos en un juego en el que todos podamos jugar!"

"¿Qué tal al escondite?", dice Ratoncita. A ella le encanta esconderse en sitios pequeños.

"¿Qué tal un concurso de baile?", dice Conejita, girando en un solo pie.

"¿Qué tal hacer trucos en el pasamanos por turnos?", dice Puerquito.

"¿Qué tal jugar a perseguirnos?", dice Perrito. "Así todos podemos correr juntos al mismo tiempo."

"¡Sí!", gritan todos.

"Me encanta ese juego", les dice Zorrillo a sus nuevos amigos.

Todos se ríen, corren y se persiguen por todo el patio. Zorrillo empieza a sentir que ya forma parte del grupo, ¡realmente le agradan todos sus nuevos amigos!

En ese momento sale la señorita Gallina por la enorme puerta del patio y hace sonar su silbato. Todos los alumnos se forman y marchan en silencio hasta el salón de clases. Zorrillo camina junto a Perrito y a Ratoncita.

El compañero nuevo

"Gracias por dejarme jugar", le susurra Zorrillo a Perrito.

"¿Por qué no habríamos de hacerlo?", pregunta Perrito. "Después de todo, ahora formas parte de nuestro grupo. Eso significa que también eres nuestro amigo."

Ratoncita quiere terminar el juego de persecución durante el almuerzo. Perrito y los demás están de acuerdo.

Zorrillo se siente tan feliz de tener nuevos amigos que lo hayan invitado a divertirse con ellos, que está ansioso porque llegue la hora del almuerzo.

Los alumnos se sientan rápidamente. La señorita Gallina sonríe a su grupo y les dice: "Tenemos un nuevo alumno. Quisiera presentarles a Zorrillo."

Todos los alumnos le sonríen, y Perrito levanta la mano.

"Dime, Perrito", dice la señorita Gallina.

"Señorita Gallina, conocimos a Zorrillo en el patio. Vamos a terminar juntos nuestro juego en el almuerzo."

La señorita Gallina sonríe y mira a todos sus alumnos. "¡Bien hecho, niños! ¡Y bien hecho, Zorrillo! Es bueno ver que todos se hicieron amigos por su propia iniciativa."

Todos lloramos

Escrito por Brian Conway

El tesoro de los valores

Hoy ha sido un mal día para Perrito, y apenas comienza. No escuchó cuando lo despertaron. Los pajaritos normalmente llegan en la mañana a cantarle una canción de buenos días, pero Perrito no los escuchó hoy.

"¡Oh, cielos!", dice Perrito. "¡Me quedé dormido!"

Ahora Perrito tiene que apresurarse para poder alcanzar el autobús a tiempo.

Perrito no tiene tiempo de cepillarse el pelo. Rápidamente se moja la cara medio dormido. ¡Si se lava las orejas, de seguro perderá el autobús!

¡Perrito apenas tiene tiempo de juntar todos sus libros y encontrar su mochila! Busca entre un montón de cosas en su habitación.

"¿Dónde dejé mi tarea?", suspira.

A Perrito le gusta desayunar muy bien antes de ir a la escuela. Esta mañana no pudo tomar cereal, pan tostado, ni jugo. ¡Ni siquiera puede esperar que el pan salga del tostador! Ya de salida, Perrito toma una galleta de la mesa de la cocina.

Todos lloramos

Perrito comenzó su día deprisa y ahora ya no puede detenerse. Sale de su casa y corre por la acera. Conejita y Oso viven en la misma cuadra de Perrito, pero es demasiado tarde para alcanzarlos hoy.

Perrito da rápidamente la vuelta en la esquina. Se tranquiliza al ver que el autobús escolar espera al final de la cuadra, pero no está seguro de que el conductor lo vea.

Aún corriendo, Perrito ve que Hipo sube al autobús. Hipo siempre es el último en llegar a la parada, así que el conductor siempre se va en cuanto Hipo sube.

"¡Espérenme!", grita Perrito desde la esquina.

El conductor ya cerró la puerta. Todos los amigos de Perrito están ocupados platicando dentro del autobús y nadie lo escucha gritar. Nadie lo ve correr ni hacerles señas.

El autobús arranca justo cuando Perrito llega a la parada. Está tan exhausto que ya no puede correr más. Hoy, Perrito tendrá que caminar hasta la escuela.

Perrito nunca antes ha llegado tarde a la escuela. Pero hoy es muy tarde.

Cuando Perrito llega a la escuela, la señorita Gallina ya ha comenzado la clase.

Perrito se asoma por la puerta del salón de la señorita Gallina y luego camina en silencio hasta su pupitre.

La señorita Gallina oye entrar a Perrito. Está escribiendo en la pizarra y no se vuelve para verlo, pero le dice buenos días.

Los demás alumnos ríen un poco. Perrito se siente avergonzado y se hunde en su pupitre.

Con una sonrisa juguetona, Ratoncita le da un codazo a Perrito. "Gracias por venir", le susurra.

Oso da un gran bostezo burlón. "Te ves cansado, Perrito", bromea.

"Hoy tuve que caminar hasta la escuela", les contesta Perrito en un susurro.

Oso se ríe. "Si hubieras tomado el autobús", dice, "quizás no te sentirías tan cansado".

La señorita Gallina le pide al grupo que guarde silencio mientras ella habla. Perrito sólo desea que acabe esta terrible mañana.

Perrito va muy callado a almorzar. Pensaba que su día mejoraría, ¡pero sólo está empeorando!

"¿Qué te sucede, Perrito?", le pregunta amablemente Gatita.

Perrito abre su mochila y se asoma dentro. "Olvidé mi almuerzo hoy", suspira.

"No importa", dice Gatita. "Todos compartiremos nuestros almuerzos contigo."

Todos los amigos de Perrito le pasan un poco de sus almuerzos. Hipo le convida de su sándwich. Oso le da unas galletas. Ratoncita le da de su pudín. Gatita comparte su manzana.

"No es el mejor almuerzo del mundo", dice Gatita, "pero es mejor que nada".

Puerquito es el único que no comparte su almuerzo con Perrito; ¡come tan rápido, que no le queda nada para compartir! Perrito frunce el ceño mientras su amigo corre hacia los columpios. Puerquito siempre quiere ser el primero en subir a su columpio favorito.

Para cuando Perrito termina de almorzar y llega al patio, todos los columpios están ocupados.

Perrito tiene una cara muy triste.

"Lo siento, Perrito", dice Puerquito, juguetón. "Te dejaré este columpio cuando me baje."

Perrito sabe que Puerquito está bromeando con él, porque siempre se queda en el columpio hasta que suena la campana.

Oso le da a todos la noticia. ¡Hoy le dirán si podrá entrar al equipo de béisbol!

"Creo que tengo buenas oportunidades", dice. "En la práctica de ayer di el mejor batazo."

Oso les muestra a sus amigos lo bueno que es para el béisbol. Al simular que cacha, lanza y batea, Oso golpea el columpio de Puerquito.

Puerquito cae al suelo, se lastima una pierna y empieza a llorar. ¡Ratoncita ayuda a Puerquito, pero Perrito se ríe!

"¡Miren a Puerquito", dice, "llora como un bebé!"

La pierna de Puerquito sólo tiene un raspón, pero a los amigos de Perrito no les parece gracioso. ¡Les sorprende mucho que él se ría!

Perrito regresa a su pupitre después de almorzar.

"Es hora de revisar las tareas", dice la señorita Gallina.

Todos lloramos

Todo ha salido mal hoy, pero Perrito sabe que no olvidó traer su tarea. Está seguro de haberla recogido en la mañana, y de haberla visto en su mochila cuando estaba buscando su almuerzo. Después de todo, tal vez su día empiece a mejorar ahora.

La señorita Gallina mira las tareas de todos mientras las recoge. Se detiene un momento en el pupitre de Perrito y mira su tarea. Perrito tiene el mal presentimiento de que no entregó la tarea indicada.

"Lo siento, Perrito", dice, "me temo que esta no es la tarea correcta".

Perrito agita la cabeza y da un gran suspiro.

"Y también llegaste tarde a la escuela", dice la señorita Gallina. "¿Tienes algún problema hoy?"

Perrito mueve nuevamente la cabeza. "No, señorita Gallina", dice. "Todo está bien."

Nada está bien hoy. ¡Todo es terrible! Perrito siente ganas de llorar, pero no puede hacerlo ahora, no mientras todos lo miran.

Cuando la campana de la escuela suena, Oso es el primero en ir a la puerta. Tiene prisa por salir al patio.

Perrito es el último en dejar su pupitre. Atraviesa la puerta lentamente.

"¿Seguro que estás bien, Perrito?", pregunta la señorita Gallina.

Perrito mira a la señorita Gallina con ojos tristes. "Seguro", dice. "Todo está bien."

Perrito no sale corriendo al patio con los demás. Gatita lo ve parado solo; sabe que Perrito ha tenido un mal día.

"¿Por qué no vienes con nosotros?", le pregunta. "¿No quieres saber si Oso entró al equipo?"

"Con el día que estoy pasando", suspira Perrito, "creo que sólo le daré mala suerte a Oso".

"No seas tonto", dice Gatita. "¡Oso quiere que vayas, para compartir contigo la buena noticia!"

"Creo que es mejor esperar y enterarme después", dice Perrito, dando la vuelta. "Ahora debo irme. No quiero volver a perder hoy el autobús."

Todos lloramos

Todos lloramos

Perrito llega temprano al autobús. Es demasiado pronto para regresar a casa. ¡El conductor ni siquiera ha llegado! Sin embargo, Perrito se sube y se sienta hasta atrás.

Perrito sólo quiere un lugar donde pueda estar solo. Ahí en el autobús, sin nadie a su alrededor, Perrito piensa en su día.

Recuerda las cosas malas que sucedieron: llegó tarde, se equivocó de tarea y se burló de Puerquito por llorar en el patio.

¡Hubo muchos momentos en los que quiso llorar! Pero después de haberse burlado de Puerquito, no podría permitir que ninguno de sus amigos lo viera llorar. Ahora Perrito tiene muchas, muchas razones para llorar.

"Perdí el autobús, llegué tarde a la escuela", murmura Perrito con tristeza.

"No hubo desayuno, ni almuerzo", solloza.

"¡La tarea estuvo mal, todo estuvo mal!", suspira.

Perrito no puede contener las lágrimas, que de pronto salen de sus ojos.

Al poco rato, Puerquito sube al autobús. Perrito trata de secar las lágrimas de sus ojos.

"¡Oso entró al equipo!", le dice a Perrito. Al acercarse, Puerquito nota que ha estado llorando.

"¿Qué te sucede, Perrito?", le pregunta amablemente.

"Sólo quería un lugar para estar solo", solloza Perrito. "¡Pero ni siquiera eso me salió bien hoy!"

Puerquito está muy preocupado por Perrito, se sienta junto a él y le da unas amistosas palmaditas en el hombro.

"Todos tenemos un mal día de vez en cuando", dice suavemente. "No tiene nada de malo llorar a veces."

Perrito llora un poco más. Entre sollozos, le dice a Puerquito que lamenta haberse portado tan mal con él.

Puerquito le dice a Perrito que su pierna ya está mucho mejor, ¡que lo ha olvidado todo!

"Lo mejor de tener el peor de los días", dice Puerquito, "es que mañana será mucho mejor. ¡Tiene que serlo!"

Perrito se siente muy bien después de hablar con Puerquito. Por primera vez en el día, comienza a esbozar una sonrisa.

Cuando llegan Oso y los demás, Perrito ya no está llorando. ¡Tiene una gran sonrisa para sus amigos!

Todos vitorean a Oso. La buena noticia de Oso es lo mejor que Perrito ha escuchado en todo el día.

"¡Felicidades, campeón!", le dice contento a Oso. "¡Lo lograste!"

"Mi primer juego es mañana", dice Oso. "Espero que puedas venir a animarme."

"¡Ahí estaré!", dice Perrito. "¡Y no llegaré tarde!"

Todos sus amigos se ríen, y Perrito ríe también por primera vez en el día.

¡Quizás su día ya esté mejorando! Perrito piensa en lo que le dijo Puerquito de que mañana será un día mejor.

"Tuve demasiada mala suerte hoy", le dice Perrito a Oso sonriendo. "¡Estoy seguro de que mañana sólo te traeré muy buena suerte!"

Todos se ríen con Perrito. Viéndolos a todos, Perrito recuerda que aunque pasó un mal día, sigue siendo afortunado por tener tan buenos amigos.

El Día
de Juegos

Escrito por Brian Conway

Es el final del día de clases, y Perrito y sus amigos están ansiosos por salir a jugar. La señorita Gallina les anuncia algo antes de que suene la campana.

"¡Mañana no habrá clases!", dice.

¡Todos gritan de gusto!

"¿Eso significa que jugaremos afuera todo el día?", pregunta Zorrillo.

"Tendrán que venir a la escuela", contesta riendo la señorita Gallina. "Pero, sí, jugaremos afuera todo el día. ¡Es el Día de Juegos!"

Los alumnos gritan de nuevo. Como Zorrillo es nuevo en el grupo, no entiende por qué hay tanta emoción.

"El Día de Juegos es una vez al año", le explica Perrito. "¡Hacemos concursos en el patio! ¡Es como tener recreo todo el día!"

La señorita Gallina invita a los alumnos a inscribirse en sus eventos favoritos del Día de Juegos. Perrito y sus amigos corren al tablero de boletines para apuntarse en la lista.

El Día de Juegos

Hipo y Oso de nuevo se apuntan para el juego de tirar de la cuerda este año. Forman un buen equipo. Perrito y Conejita deciden intentar juntos la carrera de tres patas.

"¿Quién se apuntará en el concurso de limbo?", pregunta Ratoncita. Ratoncita gana cada año el concurso de limbo. Todos saben que no tendrá ningún problema para ganar este año también. Sin embargo, Conejita se apunta muy decidida, sólo para divertirse.

En el Día de Juegos del año anterior, Puerquito fue el más rápido en la carrera de sacos. "¡Nadie puede ganarme!", dice Puerquito. Pero Gatita realmente quiere intentarlo.

Perrito no ve el nombre de Zorrillo en ninguna de las listas. Parece que no tiene prisa por apuntarse.

"¿Qué pasa, Zorrillo?", pregunta Perrito. "¿No te gustan los concursos?"

"Me gustan mucho los juegos", dice tímidamente Zorrillo. "Es sólo que no soy muy bueno en ellos."

"Deberías intentar la carrera de sacos", dice Perrito. "¡Creo que te divertirás!"

Mientras los demás corren al patio para empezar a practicar, Zorrillo se apunta en el tablero de boletines. Pone su nombre junto al de Puerquito en la lista de la carrera de sacos.

Perrito y Conejita ya están practicando para la carrera de tres patas. ¡Nunca antes han intentado correr con tres patas! Al principio se caen y se tambalean a cada paso. ¡Conejita no puede parar de reír! Pronto aprenden a dar pasos por turnos, y juntos forman un equipo veloz.

Gatita practica para la carrera de sacos, pero Puerquito no practica nada.

"Yo no necesito practicar", dice. "¡Y de todas maneras ganaré por mucho!"

Zorrillo llega al patio. Ve a Gatita practicando con un saco y toma uno para él.

"Así que el chico nuevo tratará de ganarme en la carrera de sacos, ¿eh?", dice Puerquito sonriendo. "¿Te gustaría que te diera algunas indicaciones?"

Zorrillo le sonríe a Puerquito. Pero no le interesa competir contra él el Día de Juegos.

El Día de Juegos

A la mañana siguiente, en el patio, es hora de comenzar el Día de Juegos. La señorita Gallina reúne a los alumnos.

"Debemos recordar ser buenos deportistas el día de hoy", les dice la señorita Gallina. "¡Y no se olviden de animar a todos sus amigos!"

Todos sonríen y están listos para jugar; gritan de gusto.

"¡Muy bien, chicos, si están listos, comencemos!", grita la señorita Gallina. "¡Que los juegos empiecen!"

Todos corren al primer evento. Perrito voltea hacia atrás y ve que Zorrillo camina lentamente detrás de ellos. No parece que Zorrillo se esté divirtiendo.

"Vamos, Zorrillo", dice Perrito. "¿No estás listo para un gran día?"

"Estoy un poco nervioso", dice Zorrillo. "Nunca he ganado un juego en mi vida. Creo que no quiero que mis nuevos amigos piensen que soy un perdedor."

"Bobo, no eres un perdedor", dice Perrito. "Todos ganan en el Día de Juegos. Ya verás."

Zorrillo sigue a Perrito para ver el juego de tirar de la cuerda.

El tesoro de los valores

Antes de que comience el juego, la señorita Gallina les recuerda a todos que no importa quién gane, ¡lo único importante es que todos se diviertan mucho!

Tortuga y Gatita sostienen un extremo de la cuerda, mientras Hipo y Oso sujetan el otro.

Todos animan a Hipo, Oso, Tortuga y Gatita. Hipo es grande y Oso es fuerte. Son una buena pareja para el juego de tirar de la cuerda.

El concurso comienza cuando la señorita Gallina grita: "¡Adelante!" ¡De un fuerte tirón, Hipo y Oso derriban a Tortuga y a Gatita!

"¡Bravo por Hipo y Oso!", gritan todos.

Hasta Tortuga y Gatita vitorean a los ganadores. Pero Zorrillo no grita; sigue preocupado.

Perrito se da cuenta de que su amigo está preocupado y le da unas palmaditas en la espalda. "Ese fue un concurso rápido, ¿verdad?", le dice. "Pero verlo fue muy divertido."

Zorrillo está muy preocupado. "Yo no soy fuerte", le susurra a Perrito. "No puedo ganar."

El Día de Juegos

El tesoro de los valores

Perrito intenta animar a su amigo. "Ven a vernos a Conejita y a mí correr la carrera de tres patas", dice. "¡Será divertido! ¡Y no olvides animarnos!"

Los corredores se colocan en la línea de salida.

"¡En sus marcas! ¡Listos! ¡Fuera!", grita la señorita Gallina.

¡Perrito y Conejita salen corriendo! La práctica les sirvió mucho, pues adelantan a los demás corredores a cada paso que dan.

Hipo y Oso lo hicieron mejor en el juego de tirar de la cuerda. ¡La torpe pareja se tambalea y rueda por todo el patio! Hasta Zorrillo empieza a reírse al verlos.

Zorrillo vitorea a Perrito y a Conejita cuando cruzan la línea de meta.

Puerquito se acerca a Zorrillo y le dice riendo: "¿Ves la línea de meta? ¡Ahí es donde yo estaré al terminar la carrera de sacos!"

Cuando Perrito y Conejita regresan, Zorrillo parece aún más preocupado que nunca.

"No soy rápido", suspira. "No puedo ganar."

"Ven a ver el concurso de limbo", dice Perrito.

Conejita lo hace primero. Se dobla hacia atrás para pasar rápidamente debajo de la vara. Da unos pasitos antes de resbalar hacia atrás y caer en el césped. Sus amigos aplauden y la animan.

"Ese es un paso de baile que necesito practicar", dice riendo.

Ratoncita ha esperado este concurso todo el día.

"Muy bien, chicos", dice. "Aquí viene el mejor baile de limbo del día."

Ratoncita baila un poco contoneándose bajo la vara de limbo y canta una cancioncita al ritmo de los aplausos de sus amigos:

> *¿Tú qué crees, tú que crees?*
> *¿Ratoncita lo logrará?*
> *¡Ya sabrás, ya sabrás*
> *que muy abajo puede pasar!*

Los amigos cantan con ella y ríen. ¡Ratoncita baja más que cualquier otro, y da un gran espectáculo! Zorrillo se está divirtiendo tanto con sus amigos que se olvida de todas sus preocupaciones.

El Día de Juegos

"¡Es hora de la carrera de sacos!", anuncia la señorita Gallina.

La cara sonriente de Zorrillo se convierte de nuevo en una cara triste. Perrito lo sigue hasta la línea de salida y lo observa hundirse torpemente en el saco.

Puerquito es el primero en estar listo con su saco. También es el primero en llegar a la línea de salida.

"Te veré en la meta", le dice a Zorrillo.

Los amigos animan a Puerquito. Están seguros de que ganará otra vez este año y le cantan: "¡Puerquito! ¡Puerquito! ¡Puerquito!"

Perrito se acerca a hablar con Zorrillo. "¿No te parece divertido el Día de Juegos?", le pregunta. "¿Te estás divirtiendo?"

"No quiero perder esta carrera", dice Zorrillo. "Creo que debo meterme en este saco y no salir nunca."

"No seas bobo", dice Perrito. "La carrera no es importante. ¡Si te diviertes, ya eres un ganador!"

Zorrillo lo piensa un momento, y vuelve a sonreír. Antes de darse cuenta, la señorita Gallina da inicio a la carrera. "¡En sus marcas! ¡Listos! ¡Fuera!", anuncia.

Puerquito logra una buena salida y todos lo animan:
"¡Vamos, Puerquito! ¡Vamos!"

Pero Zorrillo es rápido, mucho más rápido de lo que creía.
Salta hacia delante en su saco, rebotando por todo el patio.

"¡Miren a Zorrillo!", grita Ratoncita. "¡Lo está alcanzando!"

¡Entonces, los amigos de Zorrillo empiezan a animarlo a él!
"¡Vamos, Zorrillo! ¡Vamos!"

Zorrillo pasa rebotando a Puerquito, y después Puerquito
pasa a Zorrillo. Se acercan a la meta lado a lado. ¡Es la carrera
más cerrada del día!

En la meta, Puerquito da un gran salto para ganar la
carrera apenas por una nariz delante de Zorrillo. Los amigos
animan y aplauden a ambos corredores.

"¡Corriste una gran carrera!", le dice Zorrillo a Puerquito.

Y Puerquito contesta: "¡Tú también! ¡Nada mal para un
chico nuevo!"

¡Zorrillo se siente muy feliz! No puede creer que la carrera
haya sido tan reñida. Y no sólo casi gana, ¡también se
divirtió muchísimo!

Zorrillo está ansioso por charlar con Perrito sobre la carrera.

"¿Me viste?", le dice contento. "¡Casi gané!"

"Sí te vi", contesta Perrito. "¡Se notaba que te estabas divirtiendo!"

La señorita Gallina reúne a los alumnos en el patio. Los juegos terminaron. Llegó el momento de entregar las cintas azules a todos los ganadores.

"Quien haya ganado un concurso", dice la señorita Gallina, "por favor, levante la mano".

Los ganadores alzan sus manos. Todos les aplauden y los aclaman con gusto.

Sin embargo, antes de que la señorita Gallina entregue los premios, agrega: "Quien se haya divertido, por favor levante su mano ahora."

Todo el grupo levanta una mano y grita. La señorita Gallina entrega una enorme cinta azul a cada uno de los alumnos. Zorrillo se sorprende por haber ganado un premio.

"De esto trata el Día de Juegos", le dice Perrito. "¡Cuando todos nos divertimos, todos somos ganadores!"

Las zapatillas perdidas

Escrito por Sarah Toast

Una linda mañana, Gatita e Hipo juegan en el parque.
Es el turno de Hipo para hacer girar muy rápido el tiovivo.
"¡Sujétense!", dice Hipo. "¡Vamos a despegar!"

Hipo salta a la plataforma y se sujeta con todas sus fuerzas
mientras el tiovivo gira rápidamente. Gatita siente que se
sale del juego, así que ella también se sujeta lo más fuerte
que puede.

Conejita salta por ahí cuando el tiovivo comienza a detenerse.
Después vuelve a saltar, y otra vez más.

Conejita se acerca a sus amigos que siguen girando y
hace una reverencia. "A esto lo llamo el Salto de Conejita",
dice orgullosa.

El tiovivo se detiene completamente. Como Gatita se siente
un poco mareada, ya no quiere seguir dando más vueltas.
"Juguemos con Conejita", le dice a Hipo. "¡Juguemos todos a
perseguirnos!"

Hipo acepta contento. Le encanta jugar a la persecución
con sus amigos en el parque.

Las zapatillas perdidas

Las zapatillas perdidas

Por jugar a correr por todas partes, a los tres amigos se les abre el apetito, y aunque están muy divertidos, empiezan a sentir hambre. Por eso deciden que es hora de ir a almorzar a casa.

Hipo había acordado ir a almorzar con Perrito, así que se despide de Conejita y Gatita.

"Yo iré contigo, Conejita", dice Gatita.

"Muy bien", dice Conejita. Hablan de bailes mientras caminan hasta su casa.

Al poco rato, Conejita empieza a bailar más que a caminar, porque bailar es su forma preferida de moverse. Gatita se ríe y salta a su lado para ir junto a ella.

Gatita desearía poder bailar como Conejita.

Cuando Conejita y Gatita llegan a la entrada de la casa de Conejita, Gatita dice: "Bailas muy bien, Conejita. Realmente me gustaría poder bailar como tú."

"¡Gracias!", dice Conejita, con una reverencia. "De verdad me gusta bailar." Da una giro y agrega: "Si practicaras, tú también podrías bailar."

"¿Puedo pedirte un favor?", le pregunta tímidamente Gatita a Conejita.

"Bueno", dice Conejita, "creo que sí". Como Conejita no está segura de lo que quiere Gatita, no sabe si le dará gusto hacerle un favor.

"¿Me prestarías tus zapatillas de baile unos cuantos días?", pregunta Gatita con una dulce sonrisa, y luego agrega: "¿Tus mejores zapatillas de baile? ¡Quiero aprender a bailar! Y de verdad creo que será mucho más fácil si uso tus maravillosas zapatillas!"

Conejita lo piensa. "No lo sé, Gatita", dice. "Cuando bailo en casa siempre uso mis zapatillas. No me sentiría bien sin ellas."

"¡Oh, por favor, por favor!", insiste Gatita. "¡Sé que tus zapatillas me harán bailar mejor!"

"Pero", contesta Conejita, pensativa, "no siempre regresas las cosas que pides prestadas".

"¡Eso es porque a veces las cosas se pierden!", dice Gatita. "¡No es mi culpa!"

Las zapatillas perdidas

Conejita respira profundamente y le explica: "Odio tener que decirte esto, pero en ocasiones es tu culpa cuando las cosas se pierden. Si cuidaras bien las cosas, quizás nunca se perderían."

"¡Prometo tener muchísimo cuidado con tus zapatillas de baile! ¡Por favor, por favor!, ¿me las prestas?", le suplica Gatita.

Gatita hace tantas promesas que finalmente Conejita le presta sus zapatillas especiales. Las dos van al armario de Conejita, donde guarda sus zapatillas de baile dentro de una caja.

"No las uses afuera", dice Conejita. "Sólo se pueden usar en interiores."

Gatita está muy contenta y trata de hacer una caravana de bailarina al darle las gracias.

"Eso estuvo muy bien", dice Conejita, y Gatita se siente muy complacida.

Gatita regresa a casa con las preciadas zapatillas y la cabeza llena de sueños de baile.

Cuando Gatita llega a casa, pone cuidadosamente las zapatillas en su cama. Después va a comer.

En cuanto Gatita termina de comer, lleva sus platos a la pila y regresa a su cuarto a probarse las mejores zapatillas de baile de Conejita.

Las zapatillas le quedan muy bien a Gatita, así que pone su música preferida, baila, salta, gira y hace reverencias hasta la hora de cenar. Después de cenar, practica un poco más.

Ratoncita llega a jugar. "Entra, Ratoncita", dice Gatita. "¡Estoy practicando! ¡Quiero aprender a bailar como Conejita!"

"Corrígeme si me equivoco, pero ¿no son ésas las zapatillas de Conejita?", pregunta Ratoncita.

"Sí. Conejita me las prestó", contesta, y después baila para Ratoncita.

A Ratoncita le sorprende que Conejita le haya prestado sus zapatillas.

"A este baile lo llamo la Pasarela de Gatita", dice Gatita.

"Bueno, no bailas como Conejita", dice Ratoncita, "pero también me gusta como bailas".

Las zapatillas perdidas

Las zapatillas perdidas

Al día siguiente, Gatita practica el baile siempre que puede. Pero un día después, practicaría si tan sólo lograra encontrar las zapatillas.

Gatita está buscando las zapatillas cuando alguien toca a la puerta. Cuando Gatita abre la puerta, le sorprende ver a Conejita ahí.

"Hola, Conejita", dice Gatita. "Me estoy divirtiendo mucho con tus zapatillas de baile. ¿Todavía no necesitas que te las regrese, verdad?"

"Bueno", dice Conejita, "en realidad sí. ¿Podrías devolvérmelas ahora? Y me encantaría verte bailar. ¡Ratoncita dice que lo haces bastante bien!"

"Por supuesto", dice Gatita, pero deja a Conejita afuera y corre a su cuarto. Busca y busca donde ya buscó y buscó antes. Finalmente, Gatita sale de nuevo a ver a Conejita.

"Oye, Conejita", dice, "no puedo encontrar tus zapatillas, pero te puedo dar mis zapatos de tenis nuevos".

"No, Gatita", dice Conejita, moviendo la cabeza con tristeza. "Necesito mis zapatillas de baile."

Conejita regresa a casa caminando despacio. Al llegar, Ratoncita la está esperando en su cuarto.

"¡Hola, Conejita! Te veo triste", dice Ratoncita. "¿Qué te sucede?"

"Acabo de ir a casa de Gatita por mis zapatillas", dice Conejita. "Me dijo que se perdieron. ¡No debí prestárselas!"

"Ya vi el cuarto de Gatita", dice Ratoncita. "¡Está muy, muy desordenado!", agrega.

"¿Qué voy a hacer?", pregunta Conejita. "Quise ser buena amiga y ayudarla. ¡Quise confiar en Gatita, pero ahora que necesito mis zapatillas, están perdidas!"

"Tengo una idea, Conejita", dice Ratoncita. "Ayudaré a Gatita a ordenar su cuarto. Tal vez así pueda encontrar las zapatillas."

"¡Esa es una buena idea!", dice Conejita. "¡Pero no puedo dejar que lo hagas tú sola. Después de todo, son mis zapatillas. Ambas ayudaremos a Gatita a ordenar su cuarto."

Conejita empieza a sentirse mejor y las dos amigas se van a casa de Gatita.

Las zapatillas perdidas

Las zapatillas perdidas

Cuando Conejita y Ratoncita llegan a casa de Gatita, la encuentran sentada en su pórtico, con la cabeza baja.

"Hola, Gatita", dice Ratoncita con voz seria. "Venimos a ayudarte a ordenar tu cuarto para poder encontrar las zapatillas de Conejita."

"Pero ya busqué por todas partes", dice Gatita. "Me temo que es una causa perdida."

"Son zapatillas perdidas, querrás decir", dice Ratoncita. "Vamos, Gatita, no te desanimes. ¡Pongámonos a trabajar!"

Conejita y Ratoncita se dan cuenta de que Gatita se siente muy mal por haber perdido las zapatillas.

Conejita, Ratoncita y Gatita van al cuarto de Gatita. Buscan dentro y debajo de los montones de ropa, libros y juguetes. Buscan en todos los cajones, botes y cajas. ¡Conejita no puede creer que sea posible tanto desorden!

Ratoncita se mete bajo las cosas y revisa bajo la cama. Conejita corre por todo el cuarto arrojando cosas de un montón a otro. Gatita está empezando a pensar que jamás encontrarán las zapatillas perdidas en ese cuarto tan desordenado.

Finalmente Ratoncita mira a su alrededor y dice: "Creo que aquí está el problema. ¡No estamos ordenando! ¡Sólo estamos moviendo el desorden!"

"Hay que tratar de encontrar un buen sitio para guardar todo", dice Conejita.

"¿Qué tal la ropa en el armario y en los cajones?", dice Ratoncita, contenta.

"Y los libros en el librero", dice Conejita.

"Y los juguetes en la caja de juguetes", agrega Gatita.

Por fin, el cuarto de Gatita empieza a verse ordenado. Sólo queda un montón de ropa en el suelo por separar.

Conejita empieza a creer que nunca encontrarán las zapatillas perdidas.

Gatita dice: "Ustedes dos descansen mientras yo guardo esta ropa. La estaba usando para disfrazarme cuando bailaba." Gatita levanta las prendas una por una y las guarda cuidadosamente. ¡Y por fin descubre las zapatillas de Conejita!

"¡Conejita! ¡Aquí están tus zapatillas!", grita Gatita, feliz, y le da las zapatillas. Conejita salta de alegría.

Ratoncita empieza a aplaudir. "¡Sabía que podríamos encontrarlas!", dice.

"¡Gracias!", dice Conejita. "Me siento muy contenta de tener nuevamente mis zapatillas."

"No fue mi intención perderlas", dice Gatita.

"Lo sé", contesta Conejita, dándole un abrazo.

"Ahora que tu cuarto está ordenado, tal vez sepas dónde está todo", dice Ratoncita.

Gatita se ríe. "¡Espero poder mantenerlo así! Es lindo saber ahora dónde está todo. ¡Qué diferencia!"

Conejita, Ratoncita y Gatita salen juntas a disfrutar del sol. Se sienten muy bien por haber bailado alegremente esa danza juntas.

"Llamemos a este baile el Final Feliz", dice Gatita.

"Y yo creo que Gatita es una bailarina estupenda", dice Ratoncita contenta.

"Estoy de acuerdo", agrega Conejita.

"Gracias", dice Gatita, girando sin parar.

La búsqueda del tesoro

Escrito por Sarah Toast

Es un hermoso día de cielo azul, pero Perrito no ha salido porque acaba de llegar a su casa una enorme caja que le envió su bisabuelo.

Perrito abre la caja emocionado, y en ella encuentra maravillosos libros viejos sobre aventuras y diversión.

Cuando Perrito está mirando las ilustraciones de un lindo libro viejo sobre exploración, algo se sale de entre las páginas y cae en sus pies.

Perrito recoge el papel viejo y frágil, y lo desdobla con cuidado. ¡Es un mapa claramente marcado! ¡Un mapa del tesoro!

Querido bisnieto:

Espero que eches un vistazo a estos lindos libros viejos que te he enviado y encuentres el mapa del tesoro. Hice este mapa cuando enterré el tesoro hace muchos años. ¡Que te diviertas en tu búsqueda del tesoro!

Palmadas y rasguñitos,
Tu bisabuelo

El tesoro de los valores

La búsqueda del tesoro

"¡Guau! ¡Una verdadera búsqueda del tesoro!", dice Perrito.

Empaca queso, galletas y jugo en su mochila, y guarda el mapa en un bolsillo especial donde estará muy seguro. Después, Perrito sale a buscar a algunos amigos.

Oso está dando un paseo. "Hola, Perrito", dice. "Voy a ir al bosque a trepar a un árbol."

"Yo también voy para allá. ¡Voy en busca del tesoro!", dice Perrito. "¿Por qué no vienes conmigo?"

Al poco rato, Conejita salta en su camino. "Yo llamo a este baile Salto hacia lo Azul", dice Conejita, mientras salta hacia el cielo y cae con gracia.

"¡Ven con nosotros!", dice Perrito. "¡Vamos a encontrar el tesoro escondido!"

Conejita se emociona mucho y vuelve a saltar graciosamente en el aire.

"¿Y yo qué?", dice una vocecita, y Ratoncita se acerca. "¡Sólo porque tengan que mirar abajo para verme no significa que no pueda ayudarles a encontrar el tesoro escondido!"

"¡Claro que no!", dice Perrito. "¡Ven con nosotros!"

El tesoro de los valores

"Lo primero que tenemos que hacer es estudiar el mapa", dice Perrito. Se quita su mochila y saca el mapa. Oso y Conejita se acercan a mirar.

"¿Y yo qué?", dice Ratoncita. Perrito pone el mapa en el suelo para que Ratoncita también pueda verlo.

"Vamos por el camino correcto al bosque", dice Perrito. "¡Cuando lleguemos al lago, lo rodearemos para llegar al otro lado y ahí excavaremos para encontrar el tesoro!"

"Esto va a ser muy divertido", dice Oso.

Los buscadores del tesoro siguen su camino hasta lo más profundo del bosque. Al poco rato, lo único que pueden ver son enormes árboles que no dejan ver el cielo y espesos arbustos que cubren el suelo.

"No sé si aún seguimos rumbo al lago", dice Perrito.

"Treparé a un árbol alto para alcanzar a ver", dice Oso. Cuando está en lo alto, Oso grita: "¡Veo el sol reflejado en el agua! ¡El lago está justo adelante!"

Los demás gritan de gusto, ¡están ansiosos por encontrar el tesoro enterrado!

La búsqueda del tesoro

La búsqueda del tesoro

Oso baja del árbol y el grupo continúa por el bosque. Caminan y caminan. Los cuatro amigos están acalorados, cansados y hambrientos.

"Debemos parar a descansar", dice Perrito, así que se sientan en un sitio sombreado y comparten los bocadillos que Perrito y Oso llevaban en sus mochilas. Después disfrutan de la refrescante brisa que agita las hojas.

"Me pregunto qué tan lejos estará el lago", dice Ratoncita.

"¡Saltaré un poco adelante para ver cuánto falta!", dice Conejita, y regresa en unos cuantos minutos.

"¡Ya casi llegamos!", les informa.

Perrito, Oso y Ratoncita se ponen en marcha junto con Conejita. Ratoncita está ansiosa por llegar al agua. Oso está cansado. Conejita tiene calor. Perrito espera que no les falte mucho por caminar una vez que crucen el lago.

Cada vez hay menos árboles, y empiezan a ver el cielo azul. Entonces salen del bosque y llegan a la orilla del gran lago.

"¡Ahora ya sabemos de dónde venía la fresca brisa!", dice Perrito.

Perrito, Oso, Conejita y Ratoncita caminan directo a la orilla del agua para refrescar sus pies en el lago. De repente, la amistosa cara de Hipo sale del agua.

"¡Hola!", dice Hipo. "¡Apuesto que pensaron que sólo era un tronco!"

"¡Hola, Hipo!", dice Perrito. "Vamos a desenterrar el tesoro escondido al otro lado del lago."

"Sin duda es un lago muy grande", dice Ratoncita. "Tenemos que caminar mucho para rodear hasta el otro lado."

"No tienen que caminar alrededor", dice Hipo. "¡Yo los llevaré en mi espalda!"

"¡Bravo por Hipo!", gritan los amigos.

Perrito es el primero en cruzar. Sus pies se mojan. Entonces Hipo regresa por Conejita. Sus pies también se mojan.

Cuando Hipo regresa por otro jinete, Oso le dice a Ratoncita: "Tú te mojarás toda si montas sola, sube a mi mochila y cruzaremos juntos."

Ratoncita disfruta del paseo, pero desearía ser más grande para poder hacerlo sola.

La búsqueda del tesoro

La búsqueda del tesoro

Hipo, Oso y Ratoncita se unen a Perrito y Conejita al otro lado del lago.

"Veamos nuevamente el mapa", dice Perrito.

"Hay una enorme X justo de este lado de un árbol pequeño", dice Oso.

Perrito se pone a trabajar y cava un gran agujero al lado de un arbolito. No hay ningún tesoro escondido ahí.

"¡Aquí hay otro arbolito!", dice Conejita. Perrito cava otro agujero, pero no encuentra nada más que piedras y conchas.

Los amigos están muy decepcionados.

"Necesito descansar", dice Perrito.

"Ese mapa debe ser tan viejo como los cerros", dice Hipo. "Quizás alguien más encontró el tesoro."

"Eso me da una idea", dice Perrito. "Mi bisabuelo hizo este mapa hace mucho tiempo. Un árbol que era pequeño entonces sería mucho más grande ahora."

Todos los animales se vuelven y miran el enorme árbol que está frente a ellos. Perrito se acerca rápidamente y de nuevo se pone a cavar.

Perrito cava con todas sus fuerzas durante mucho tiempo. Finalmente encuentra algo grande.

"Encontré algo", grita Perrito, "¡y no creo que sea sólo una piedra!"

Perrito cava un poco más alrededor de la enorme cosa, y por fin la desentierra lo suficiente para tirar de ella y sacarla del agujero. Entonces la coloca en el suelo frente a sus sorprendidos amigos.

"¿Qué es?", preguntan. Es algo con forma de tubo, envuelto en papel marrón y atado fuertemente con un viejo cordel.

Cuando le quitan las capas de papel viejo y tieso, aparece algo más pequeño envuelto en un trapo a cuadros, atado con un listón.

"Yo desharé el nudo del listón", dice Conejita. Cuando termina, hay algo más pequeño envuelto en papel rojo y blanco, con una etiqueta pegada.

¡Conejita no puede creer lo que ve!

¡Perrito se queda boquiabierto!

¡Oso e Hipo están atónitos!

La búsqueda del tesoro

La búsqueda del tesoro

Ratoncita trata de ver mejor.

Oso lee la etiqueta: "¡Felicidades! Encontraste el tesoro. ¡Este paquetito está lleno de monedas de plata!"

"Cielos, ¿puedo verlo?", pregunta Hipo. Se estira para alcanzar el paquete, pero accidentalmente lo hace caer de la pata de Oso.

Las monedas vuelan hasta un gran árbol viejo, caen con un golpe seco y ruedan hasta perderse de vista.

"¿Por dónde están?", grita Perrito. Todos corren a ver. Hipo se siente muy mal por su torpeza. Espera que el tesoro no esté perdido para siempre.

"¡Ya vi las monedas!", exclama Conejita. "Rodaron hasta la maraña de raíces bajo el árbol."

Primero Perrito, después Oso y luego Conejita, tratan de alcanzar las monedas, pero están bien metidas bajo las raíces.

"Es como si estuvieran enterradas de nuevo", dice Perrito.

"Nunca las recuperaremos", dice Conejita.

"Es inútil", agrega Oso.

Entonces Ratoncita dice: "¿Acaso no digo siempre que lo pequeño es magnífico?"

Ratoncita se interna en la maraña de raíces y desaparece. Los demás esperan nerviosos a ver si puede encontrar todas las monedas entre las raíces enredadas.

Entonces, las monedas empiezan a moverse. Primero una, después otra sale un poco. Finalmente, Ratoncita saca todas las monedas de las raíces y las hace rodar hasta donde espera su grupo de amigos.

"Aquí está tu tesoro, Perrito", dice Ratoncita, orgullosa.

¡Los demás vitorean a Ratoncita!

"Todos ustedes vinieron conmigo en esta aventura", dice Perrito. "Todos ustedes me ayudaron. ¡Compartiremos el tesoro!"

"Pongamos las monedas en tu mochila para llevarlas a casa", dice Hipo. "Yo ayudaré a todos a cruzar el lago."

"Primero debemos rellenar los agujeros que Perrito cavó", dice Conejita, "para dejar la orilla tal y como la encontramos".

A los cinco amigos no les lleva mucho tiempo rellenar los tres enormes agujeros. Después, Hipo regresa a Oso, Conejita y Perrito al otro lado del lago. Esta vez, Ratoncita se sube a la mochila de Perrito para salvaguardar el tesoro.

El tesoro de los valores

Los amigos cruzan la playa y llegan otra vez al denso bosque.

Están muy cansados pero muy felices. Siguen el largo camino de regreso por el bosque y cruzan la pradera hasta llegar a casa.

"Eso fue muy divertido", dice Oso.

"Me siento feliz de haber encontrado el tesoro", agrega Conejita, dando graciosos giros.

"Bueno, de no haber sido por Ratoncita, no hubiéramos podido recuperar el tesoro", les recuerda Hipo. Aún se siente triste por haber tirado el tesoro a las raíces del árbol.

"Yo me siento feliz de haber podido ayudar", dice Ratoncita. No quiere que Hipo se sienta mal. Después de todo, así son los accidentes.

"Gracias a todos por ayudarme a encontrar el tesoro", dice Perrito. "Cada uno ayudó de manera especial."

"Ay, sí", dice Hipo. "Fue muy divertido."

"¡Gracias, Perrito, por compartirlo con nosotros!", exclaman Oso, Conejita y Ratoncita.

Algo nuevo
que aprender

Escrito por Brian Conway

Perrito sale temprano de su casa en un día soleado de verano. Se dirige al parque para encontrarse con sus amigos, y va saltando y pedaleando en su triciclo por la calle.

El triciclo de Perrito ya es un poco viejo. Se está despintando y una rueda de atrás está torcida. Es difícil montar el triciclo con esa rueda torcida, porque hace que Perrito avance con mucha lentitud.

Perrito ya está muy grande para su viejo triciclo. Cuando era más pequeño, el triciclo tenía justo su tamaño, pero Perrito está creciendo ahora.

¡Cada vez que Perrito pedalea, sus piernas pegan en el manubrio! Eso también hace que Perrito vaya más lento.

Perrito pedalea tan rápido como puede, pero nunca puede ir demasiado rápido. ¡Sopla y resopla, pero difícilmente llega a algún lado!

"¡Llegaría más rápido si me bajara y caminara!", refunfuña.

Perrito camina el resto del trayecto hacia el parque y va remolcando su viejo triciclo junto a él.

Algo nuevo que aprender

Por fin, Perrito llega al parque. Sus amigos ya están ahí, paseando en bicicleta por todos lados.

"¿Por qué tardaste tanto?", le preguntan.

"Salí temprano", responde Perrito, "¡pero de cualquier forma fui el último en llegar!"

Los amigos de Perrito observan su tambaleante triciclo, y entienden por qué llegó tan tarde.

Hipo se detiene junto a él en su gran bicicleta; él fue el primer amigo de Perrito que tuvo una bicicleta.

"Recuerdo cuando me quedó chico mi triciclo", dice Hipo. "Me subía y, sin importar cuánto pedaleara, no podía hacer que se moviera."

"Eso es lo que me sucede", dice Perrito. "¡Me llevó una eternidad avanzar dos cuadras!"

"Deberías comenzar a pensar en conseguir una bicicleta nueva", dice Hipo. "Ahora ya todos tienen bicicleta."

Puerquito y Gatita pasan en sus veloces bicicletas, tocando la campana frente a Perrito. "¡Nos vemos después de la carrera!", le gritan.

¡Perrito no puede participar en la carrera con su viejo triciclo, y no puede jugar con sus amigos si andan todo el día en sus bicicletas! Perrito se siente excluido del grupo, y se aleja del parque remolcando su triciclo.

Perrito se detiene en una tienda de bicicletas camino a casa. Ve muchas superbicicletas en el aparador. ¡Ve bicicletas de color rojo brillante, pequeñas bicicletas verdes y bicicletas azules con rayas amarillas para carreras. ¡Hay bicicletas con ruedas grandes y atractivas, y hasta bicicletas para dos!

"¡Todas estas bicicletas cuestan demasiado!", dice Perrito, mientras su aliento empaña el aparador de la tienda. "¡No tengo suficiente dinero para comprar una!"

Perrito no necesita una bicicleta de carreras elegante, sólo quiere una simple bicicleta. Ni siquiera le importaría que no tuviera campana en el manubrio.

"¡Con campana o no", suspira, "estas bicicletas cuestan demasiado!"

Perrito camina muy triste de regreso a casa, remolcando su triciclo junto a él.

Algo nuevo que aprender

Perrito pasa frente a la tienda de bicicletas todos los días durante una semana y se detiene a mirar el aparador. Mira los precios en las etiquetas, pero nunca podría comprarse una bicicleta nueva.

Perrito ha estado ahorrando sus mesadas, pero tendría que ahorrar durante mucho tiempo para reunir lo suficiente para comprar una bicicleta nueva.

"Jamás tendré una bicicleta", se dice Perrito.

Un día, Hipo ve a Perrito mirando con tristeza una bicicleta roja en el aparador de la tienda. "¿Te vas a comprar una bicicleta nueva?", le pregunta.

"No tengo suficiente dinero", responde Perrito. "¡Apenas tengo lo suficiente para un par de rueditas entrenadoras!"

"¿Por qué no las compras?", sugiere Hipo. "¡Así recordarás seguir ahorrando para comprar el resto de la bicicleta!"

"¡Esa es una buena idea!", dice Perrito. "¡Lo haré!"

Perrito sigue guardando dinero durante varias semanas, pero no puede ahorrar lo suficiente para comprar una bicicleta nueva.

Perrito se siente solo todo el verano. Casi todos los días, a sus amigos les gusta ir a pasear en bicicleta al parque. Cuando lo hacen, dejan atrás a Perrito.

Perrito se siente un poco mejor unas semanas después. Es su época favorita del año. ¡Su cumpleaños está a la vuelta de la esquina! Sus amigos siempre organizan una gran fiesta para él.

¡Pero, cuando el gran día llega, nadie dice ni una palabra! Perrito espera recibir algunos regalos de sus amigos, pero sólo recibe malas noticias.

"Vamos a pasear en bicicleta al parque", dice Hipo. "Te veremos más tarde."

Mientras camina lentamente de regreso a casa, Perrito dice: "¡Este es el peor cumpleaños que he tenido!"

Pero cuando llega a casa, sus amigos ya están ahí, esperándolo.

"¡Sorpresa!", gritan. Y empujan su regalo de cumpleaños.

"¡Una bicicleta nueva!", exclama Perrito. "¡Ustedes, amigos, son de lo mejor!"

Algo nuevo que aprender

"¡Este es el mejor cumpleaños que he tenido!", dice Perrito. "¿Pero cómo consiguieron suficiente dinero para comprarme una bicicleta nueva?"

"En realidad no es nueva", dice Hipo. "Era del hermano mayor de Oso."

"Ya le queda chica", explica Oso. "¡Pero la arreglamos para que esté como nueva!"

"¡A mí me parece nueva y ya quiero estrenarla!", exclama Perrito. Hipo lo ayuda a ponerle las rueditas entrenadoras a la bicicleta. Después salen para que Perrito dé su primer paseo con sus amigos en mucho tiempo.

"¡Hagamos una carrera al parque!", dice Puerquito, rebasándolo a toda velocidad.

Perrito pedalea tan rápido como puede, pero apenas se está acostumbrando a su bicicleta, y es el último en llegar al parque.

"¿Por qué tardaste tanto?", se ríe Puerquito. "¿Las rueditas para bebé hacen que vayas más lento?"

Perrito se siente triste. Coloca su regalo en el enrejado para bicicletas y mira a sus amigos pasar rápidamente.

Hipo se detiene para ver cuál es el problema.

"¿Se te desinfló una llanta o qué?", pregunta Hipo. "¡Ven a pasear con nosotros!"

"No puedo ir tan rápido como ustedes", suspira Perrito. "No con estas rueditas entrenadoras."

Hipo le promete ir más despacio, y Gatita se lo promete también. Pero Perrito no quiere que vayan más despacio por él: Puerquito sólo se burlaría de ellos.

"Ya soy un año más grande", dice Perrito. "¡Quiero ir tan rápido como los demás!"

Perrito sabe que no es tan fácil. Para andar sólo en dos ruedas es necesario practicar.

"Una vuelta con rueditas no es suficiente", dice Hipo. "Debes acostumbrarte a una bicicleta más alta."

Hipo utiliza su bicicleta para enseñarle a Perrito algunos detalles importantes para andar en dos ruedas, y le muestra la mejor manera de evitar que la bicicleta se vuelque.

"Puedes bajar el pie si sientes que te vas a caer", le sugiere Hipo.

Algo nuevo que aprender

Perrito no quiere caerse, así que practica un poco más con las rueditas entrenadoras.

Al día siguiente, Perrito se sube a su bicicleta nueva para ir al parque. Es fácil andar en bicicleta con las rueditas entrenadoras, y la nueva bicicleta de Perrito es más rápida que su viejo triciclo, pero Perrito vuelve a ser el último en llegar al parque.

Hipo lo está esperando en el enrejado para bicicletas.

"Recuerdo cómo aprendí a andar sin las rueditas", dice Hipo. "¡La mejor forma de aprender es intentándolo! Y si estás listo, yo te mostraré cómo."

A Perrito aún le da un poco de miedo caerse, pero de verdad quiere ir más rápido.

"¡Estoy listo!", exclama.

Juntos, Perrito e Hipo quitan las rueditas entrenadoras. Perrito tiembla cuando se sube. Siente que se va a caer, pero Hipo le ayuda a sostener la bicicleta.

"Tú encárgate de pedalear y manejar", dice Hipo, "y yo mantendré derecha la bicicleta".

Mientras Perrito pedalea lentamente, Hipo corre a su lado.

Perrito se siente contento de tener un amigo como Hipo, que lo ayuda a aprender y nunca se burla de él por tener miedo de caerse.

Juntos, dan algunas vueltas alrededor del parque. Perrito está aprendiendo rápidamente. Ya sabe cómo pedalear y cómo dar vuelta, y siente que está manteniendo el equilibrio bastante bien.

Hipo comienza a cansarse. En la siguiente vuelta al parque, Hipo le dice, exhausto: "¡Ésta tendrá que ser nuestra última vuelta del día, así que ve lo más rápido que puedas!"

Perrito pedalea lo más rápido que puede. ¡Le gusta sentir el viento en su pelo!

"¿Voy demasiado rápido para ti, Hipo?", pregunta Perrito, sin volverse a mirarlo.

Hipo no contesta. ¡Ya no está sosteniendo la bicicleta! Hipo la soltó cuando Perrito empezó a pedalear rápido. ¡Perrito anduvo en bicicleta totalmente solo!

"¡Sabía que podías hacerlo!", grita Hipo.

Para entonces, todos los amigos de Perrito se han acercado a verlo. Perrito ve que Hipo agita la mano a lo lejos, entre el grupo de amigos.

"¡Ahora regresa!", grita Hipo. "¡Sigue pedaleando hasta que llegues aquí!"

Perrito pedalea hacia sus amigos, y hasta Puerquito lo anima.

Perrito mantiene derecha la bicicleta todo el regreso. También recuerda bajar el pie al detenerse, tal y como Hipo le enseñó.

"¡Felicidades por tu primer paseo solo!", dice Hipo.

"¡Nunca antes había andado tan rápido!", dice Perrito. "Pero no lo hice solo. ¡Tú me ayudaste a aprender!"

Puerquito recoge las rueditas entrenadoras de Perrito. "Creo que ya no las necesitarás", dice.

"Después las guardaré en mi cochera con mi viejo triciclo", dice Perrito. "¡Pero ahora tengo que correr una carrera!"

Mientras Puerquito y los demás corren a sus bicicletas, Perrito pedalea delante de todos.

El oso desastroso

Escrito por Brian Conway

En el almuerzo, Oso come más lento que sus amigos; se toma su tiempo, mientras sus amigos se apresuran para poder jugar más.

"En un minuto los alcanzo", dice Oso, cuando sus amigos corren al patio de juegos.

Para Oso, la mejor parte del almuerzo es el postre. Oso siempre se come un chocolate. ¡En su camino al patio, desenvuelve el chocolate y se lo come de dos mordidas! Es lo único que hace con rapidez.

Hoy Ratoncita y Tortuga terminaron tarde su almuerzo y fueron detrás de Oso hacia el patio.

"¡Nunca había visto a nadie comerse un chocolate tan rápido!", le dice Ratoncita a Tortuga, en voz baja.

Tortuga tampoco puede creerlo. "¿También se comió la envoltura?", pregunta.

La pregunta de Tortuga se contesta cuando baja la mirada para ver a Ratoncita. ¡Su pie está pegado en la pringosa envoltura de Oso!

El oso desastroso

El oso desastroso

"¡Oso arrojó la envoltura al suelo!", se queja Ratoncita con los demás. "¡Ni siquiera se volvió para mirar!"

"No creo que Oso la tirara a propósito", dice Perrito. "Tal vez tenía prisa."

Gatita no lo puede creer. "¡Yo nunca he visto a Oso con prisa!", dice. "Pero tampoco lo he visto tirar basura."

"Estoy seguro de que si hablamos con él, descubriremos que es un malentendido", agrega Perrito.

Ratoncita encuentra primero a Oso y le muestra cómo la envoltura dejó manchado y pegajoso todo su limpio vestido.

"¿Por qué tiras la basura al suelo, si el basurero está unos pasos adelante?", le pregunta Perrito a Oso.

"¿Quién tiró basura?", pregunta Oso, lamiendo el chocolate de sus peludos dedos.

"Bueno", dice Ratoncita, "¡las pegajosas envolturas de chocolate no caen del cielo!"

Oso mira todo el patio de juegos y no ve ninguna envoltura de chocolate. El viento se la ha llevado.

"¿Qué envoltura?", pregunta.

Al día siguiente, Perrito, Ratoncita y Conejita terminan primero de almorzar. Se esconden detrás de un árbol y esperan a Oso.

Oso es el último en terminar su almuerzo, y saca un chocolate mientras se aleja de la mesa. ¡Lo desenvuelve y se lo acaba con dos rápidas mordidas, y la envoltura queda en el suelo detrás de él!

Perrito y Conejita no pueden creer lo que vieron y corren a detener a Oso.

Ratoncita llega primero. "¡Te atrapamos en el acto!", le grita a Oso.

Oso parece confundido, y Conejita recoge la envoltura pegajosa. "¿Tienes idea de dónde vino esto?", le pregunta.

"Ah, eso", dice Oso sin darle importancia. "Eso estaba en mi chocolate."

"La arrojaste al suelo, Oso, y eso no está bien", le dice Perrito, preocupado.

Oso se encoge de hombros y sigue caminando. "Sólo es un papelito", dice. "¿Por qué hacen tanto alboroto?"

El oso desastroso

El oso desastroso

Ese día, nadie quiere jugar con Oso. Se sienta solo en el arenero, amontonando lentamente arena para el castillo especial que va a hacer.

Perrito reúne a los demás. "Oso no nos escuchará", dice Perrito. "Parece que no le importa ni un poco el desorden que está haciendo."

"¡Tenemos que enseñarle a Oso lo horrible que es arrojar basura en todas partes!", dice Conejita.

Conejita quiere quitarle todos sus chocolates a Oso. ¡Ratoncita quiere restregar con chocolate todo el pelo de Oso! Pero Perrito y Zorrillo tienen un plan que resolverá el problema y también le dará a Oso una lección por tirar basura.

"Andaremos detrás de Oso durante una semana", dice Perrito. "Recogeremos todas las envolturas que arroje al suelo."

"Al final de la semana", dice Zorrillo, "¡tendremos un montón de basura tan grande que hasta Oso lo notará!"

Vigilan a Oso toda la semana, y cada vez que deja caer una envoltura, recogen el papel pegajoso y lo guardan en la mochila de Perrito.

La siguiente semana, en el salón de clases de la señorita Gallina, es el turno de Conejita y Ratoncita para dar el reporte de un libro. El libro que escogieron es sobre la basura. Conejita y Ratoncita le dicen al grupo lo que aprendieron.

"¡Existen montones de basura en las calles, en los parques, en ríos y lagos, y hasta en los patios de juegos!", explica Ratoncita.

Todos miran a Oso. Él está escuchando, pero no parece preocupado.

Conejita le dice al grupo: "Arrojar basura puede hacer que un lugar hermoso se vea horrible."

"¡Puede hacer que un patio de juegos parezca un basurero!", agrega Ratoncita.

Finalmente, Oso habla: "¿Qué me dicen de una pequeña envoltura?", pregunta. "¿Qué diferencia haría?"

Oso arranca un pedacito de papel de su cuaderno y lo sostiene en su mano por un momento. Después lo deja caer al suelo. "El viento se lo lleva", dice, "y nadie lo vuelve a ver jamás".

El oso desastroso

¡Conejita y Ratoncita no pueden creerlo! Trabajaron muy duro en su reporte, pero a Oso parece no importarle.

Ratoncita tiene una pregunta para Oso: "Cuando el viento se lleva una basura, ¿a dónde crees que va?"

Oso se encoge de hombros.

"Termina en el patio de alguien, en la calle, en el bosque, o en un arroyo", dice Conejita.

Oso mira a su alrededor. Sus compañeros de clase lo observan, después voltean a ver el pedazo de papel en el suelo. Oso no se inmuta.

La señorita Gallina está de acuerdo con Conejita. "Si todos arrojaran un pedacito de papel en mi salón de clases", dice, "¡en muy poco tiempo esto se convertiría en un enorme basurero!"

La señorita Gallina le lleva el cesto de basura a Oso y le recuerda que cuando alguien deja caer algo en su salón, tiene que recogerlo.

Oso levanta lentamente el papel que arrojó al suelo y lo pone en el cesto de basura.

Conejita quiere saber si Oso puso atención a su reporte acerca del libro.

"¿Qué aprendiste sobre arrojar basura, Oso?", le pregunta.

"Aprendí a mantener limpio el salón de la señorita Gallina", responde. "Pero ninguna regla dice que no podamos arrojar basura en el patio de juegos."

Ratoncita sigue enfadada porque Oso no entiende, así que abre un libro con fotografías.

Primero le muestra a Oso la foto de un bote de basura. "Este es un bote de basura. Es el único lugar donde debemos poner nuestra basura", dice.

Después, Ratoncita le señala fotos de basura —papeles, latas y bolsas de plástico—. La basura se junta tras las cercas, y hay montones alrededor de los árboles del bosque.

"Este no es un bote de basura", señala Ratoncita. "Así de fácil es hacer la diferencia."

Oso observa el libro. Ve una botella, una lata vieja, una envoltura de chocolate y una llanta en un río. Oso empieza a sentirse mal.

El oso desastroso

El oso desastroso

Después del reporte de Conejita y Ratoncita, Oso come su almuerzo más despacio que de costumbre.

Los demás terminan de almorzar rápidamente y corren al patio. Llegó el momento de concluir su plan, y poner punto final de una vez por todas al desastre de Oso.

Perrito vacía su mochila. ¡Durante la semana anterior, los amigos de Oso recolectaron un montón de pegajosas y crujientes envolturas de chocolate!

"¿Dónde pondremos la basura?", pregunta Perrito.

"¡Tiene que ser donde Oso la vea!", agrega Zorrillo.

Ratoncita conoce el sitio perfecto, así que lleva un puñado de envolturas al arenero. Los demás toman unas cuantas más y la siguen.

"¡Éste parece ser un buen lugar para un bote de basura!", ríe Ratoncita. Todos están de acuerdo en que el castillo de arena se verá perfecto con una bandera en lo alto hecha de una pegajosa envoltura de chocolate. Y Ratoncita añade el toque final.

Los amigos esperan a que Oso termine de almorzar.

Oso se siente mucho mejor a la hora del postre. ¡Mientras camina por el patio, termina su chocolate tan rápido como de costumbre! Después, deja caer la envoltura de chocolate al suelo, igual que siempre.

"El mismo Oso desastroso de siempre", susurra Ratoncita. "Bueno, ya veremos."

Los amigos de Oso lo siguen hasta el arenero.

"¡Oigan!", grita Oso, al ver el montón de envolturas sobre su castillo de arena. "¿Quién hizo este desorden?"

"Es tu desorden, Oso", dice Perrito. "Nosotros la pusimos ahí, pero es tu basura."

Oso ve que las envolturas son de sus chocolates favoritos. Ratoncita le cuenta a Oso cómo las fueron recogiendo durante toda una semana.

"Esa es sólo una semana de la basura que arrojaste al suelo, Oso", le dice. "¡Si continuáramos, podríamos llenar todo el arenero!"

Oso estaba muy orgulloso de su castillo de arena, pero no le gusta cómo se ve ahora.

"Ahora veo que la basura puede arruinar algo bello", admite Oso.

"Debemos sentirnos orgullosos de nuestro patio de juegos y nuestra ciudad", explica Perrito, "y trabajar para mantenerlos bonitos. No es difícil hacer la diferencia".

Oso lo entiende, así que recoge con cuidado las envolturas del arenero y las lleva todas al bote de basura más cercano.

"¡Eso fue fácil!", exclama Oso. "Prometo no volver a tirar basura. ¡Todas estas envolturas son horribles!"

Mientras sus amigos gritan contentos, de pronto Oso corre de regreso a la escuela.

"¿A dónde va?", pregunta Ratoncita.

"¡Nunca lo había visto correr tan rápido!", dice Tortuga.

Oso llega rápidamente al sitio donde arrojó la envoltura de su chocolate después del almuerzo. El viento aún no se la ha llevado. Oso recoge la envoltura y la pone en el bote de basura.

"Si vas a hacer la diferencia", le dice a sus amigos, "¿por qué no empezar hoy?"

Buenos modales

Escrito por Dana Richter

Es el comienzo de un nuevo día de clases para la señorita Gallina y sus alumnos. "Bueno días, grupo", dice la maestra. "¡Pero cuántas ganas tenemos hoy de charlar y reír!"

Los alumnos de la señorita Gallina están hablando mucho. Ni siquiera escuchan cuando empieza a leerles un libro para iniciar la clase. Perrito y sus amigos no pueden quedarse quietos durante el cuento completo.

Después del cuento, la señorita Gallina va a la pizarra y empieza la lección del día. "Comencemos con matemáticas. Vamos a aprender a sumar", explica la señorita Gallina.

Escribe un ejemplo en la pizarra para el grupo, pero nadie le pone atención.

"¿Cuándo vamos a contar experiencias?", dice abruptamente Perrito. "¡Quiero contarle a todo el grupo sobre mis aventuras divertidas!"

"¡Y yo podría enseñarles mi nuevo baile!", agrega Conejita.

"Yo preferiría ir a una visita de campo", dice Gatita.

"¡Ah, sí!", dice Puerquito. "Podríamos ir al circo y ser payasos por un día." Puerquito hace reír a todos.

"¿A qué hora salimos al recreo?", grita Ratoncita.

Buenos modales

Cuando la señorita Gallina se vuelve para verlos, Tortuga pregunta: "¿Señorita Gallina, cómo se hace una suma?"

"No es amable hacer una pregunta si no te han dado el turno", dice la señorita Gallina.

El grupo se queda callado y todos bajan la cabeza. Saben que la señorita Gallina está disgustada con ellos.

"¿Alguien sabe lo que significa grosero?", pregunta la señorita Gallina.

"¡Yo, sé! ¡Yo, sé!", grita Puerquito. "Es cuando no tienes buenos modales."

Gatita dice que buenos modales significa compartir los columpios en el recreo. Perrito está de acuerdo y agrega que escuchar a los amigos cuando hablan es tener buenos modales.

"Sí", dice la señorita Gallina. "Y buenos modales es cuando esperan su turno para hablar en clase. Tener buenos modales significa decir 'por favor' y 'gracias' a sus amigos. Buenos modales es tratar a los demás como quisieran ser tratados."

Perrito desea haber tenido buenos modales esa mañana. Interrumpió a Gatita y a Conejita camino de la escuela. Lo único que quería era contarles del nuevo juego que había aprendido a jugar.

El grupo se queda muy callado, y la señorita Gallina cree que sus alumnos han aprendido una lección sobre los buenos modales.

La señorita Gallina pide a sus alumnos que vayan al laboratorio porque hoy realizarán un nuevo experimento, y les dice que tendrán que escuchar sus instrucciones con mucha atención.

Después, les enseña cómo hacer que las flores cambien de color. Todos están ansiosos por convertir sus flores blancas en rojas, azules y verdes... pero olvidan por completo que deben usar buenos modales.

"Yo voy a hacer mi flor roja", dice Ratoncita. "¡El rojo es el color más bonito!"

"¡Creo que sería divertido tener una linda flor azul!", exclama Hipo.

"¡Atrapa esto!", le dice Zorrillo a Perrito. Zorrillo lanza un avión de papel por el salón. Perrito salta y lo atrapa.

La señorita Gallina retira la vista de su experimento. "Ésos no me parecen buenos modales", dice la señorita Gallina.

Entonces se le ocurre un nuevo experimento, uno que les dará a los alumnos una lección de buenos modales.

Buenos modales

Buenos modales

"Tengo una idea", dice la señorita Gallina. "Todos van a hacer un experimento. Quiero que el resto del día se olviden de usar buenos modales."

¡Perrito y sus amigos no pueden creer lo que acaban de escuchar!

"¡Éste será el mejor experimento que jamás hayamos hecho!", exclama Gatita.

"Yo no tendré que decir 'por favor' ni 'gracias'", agrega Perrito.

"Y no tendré que compartir ni esperar mi turno si no quiero", dice Tortuga.

"Todos podremos hablar y hacerle preguntas a la señorita Gallina cuando queramos", dice Hipo.

"¡Y no tenemos que ser amables si no queremos!", dice insegura Ratoncita, porque piensa que tal vez no le gusta cómo suena ese experimento. Le preocupa que todos sus amigos sean groseros unos con otros.

La señorita Gallina sabe que resulta muy difícil enseñar entre malos modales. Pero cree que es más importante la lección que sus alumnos deben aprender acerca de los buenos modales.

Suena la campana del recreo y los alumnos de la señorita Gallina saltan y salen corriendo.

Normalmente, la señorita Gallina no permite que sus alumnos se empujen y salgan corriendo por la puerta. Pero debido al experimento de buenos modales, la señorita Gallina sólo observa en silencio cómo se empujan y codean.

"¡Cuidado!", dice Hipo mientras se abre camino empujando a sus amigos. "¡Quizás sea lento, pero también soy grande!"

"Oye, no es justo", grita Puerquito.

"¡Hipo, espera tu turno!", agrega Gatita.

Puerquito y Gatita quieren ser los primeros en llegar al patio, pero Hipo sale entre apretujones. El resto del grupo sale corriendo como estampida tras ellos.

"¡El último en llegar al patio es un huevo podrido!", grita Zorrillo mientras pasa corriendo junto a Ratoncita y la hace dar vueltas y vueltas.

"¡Oigan, espérenme!", les grita Ratoncita a sus amigos. Nadie oye su vocecita, más que la señorita Gallina.

Ratoncita mira a la señorita Gallina, esperando oír algo sobre sus compañeros groseros, pero la maestra sigue con la vista en los papeles que está calificando.

Buenos modales

Zorrillo y Tortuga son los primeros en llegar a los columpios. Oso y Conejita también quieren columpiarse. Esperan su turno, pero Zorrillo y Tortuga siguen columpiándose.

"Ya se han columpiado mucho tiempo", dice Oso. "¿Podemos columpiarnos Conejita y yo también?"

"No lo creo", dice Zorrillo.

"Hoy no tenemos ganas de compartir", dice Tortuga.

"Columpiarnos es lo que más nos gusta hacer en el recreo", suplica Conejita. Pero Zorrillo y Tortuga no quieren compartir el día de hoy, así que los ignoran.

Al mismo tiempo, Perrito intenta organizar un juego con Hipo, Gatita, Puerquito y Ratoncita.

"Quiero enseñarles a todos un juego nuevo", dice Perrito.

"Creo que debemos jugar kickbol", dice Hipo.

"Pero yo quiero jugar quemados", gimotea Gatita.

"¿Por qué no jugamos béisbol?", grita Ratoncita, saltando para tratar de atraer la atención.

"Yo no quiero jugar ninguno de esos juegos", gruñe Puerquito. "Yo quiero jugar al escondite."

Los amigos pierden mucho tiempo discutiendo y el recreo termina antes de que puedan elegir un juego.

Ya en el salón, los alumnos empiezan su hora de lectura. Hoy le toca leer a Hipo, quien ansía compartir su cuento favorito con todos sus amigos. Comienza a leer sobre un rey y su castillo.

Sus amigos no le prestan mucha atención y se ponen a charlar entre ellos.

"Si yo fuera un rey tendría un castillo hecho de caramelo e iría en busca de grandes aventuras", dice Perrito.

"Yo sería tu bufón y te haría reír todo el día", bromea Puerquito.

"A mí no me gustaría ser rey. Yo sería una bella princesa", dice Gatita. "Me pondría hermosos vestidos todo el tiempo", agrega con una sonrisa.

"¡Y yo sería la reina!", añade Ratoncita.

La señorita Gallina los observa desde su escritorio. La maestra siente lástima por Hipo, porque sabe que el pobre chico tenía muchas ganas de compartir su cuento favorito con todos sus amigos.

Ahora ni siquiera lo están escuchando. Si tuvieran buenos modales, estarían callados y prestarían atención a Hipo y a su historia.

Buenos modales

"Ahora que la lectura terminó, continuemos con español",
dice la señorita Gallina. "Pueden confundirse, así que pongan
atención y concéntrense en su trabajo," agrega volviéndose
hacia la pizarra y luego escribe una larga oración.

"Yo no entiendo nada", dice Tortuga. "¿Tú sabes cómo
hacerlo, Conejita?"

"¡No, y si lo supiera no te lo diría, así como tú no
compartiste los columpios con Oso y conmigo en el recreo!",
contesta Conejita.

"¿Señorita Gallina, puso un signo de interrogación al
principio y otro al final de la oración?", grita Perrito desde
su pupitre.

"¿De dónde salió esa coma?", pregunta Oso, totalmente
confundido.

"Tal vez si todos se callaran y escucharan, podrían
averiguarlo", grita Gatita.

Cuando la señorita Gallina se vuelve para verlos, el grupo
está totalmente desquiciado. Todos hacen preguntas al mismo
tiempo y se mueven en sus asientos.

"¿Alguna pregunta?", dice la señorita Gallina con cierto
tono de satisfacción en su voz.

"Ahora que el día casi terminó", agrega la señorita Gallina, "quisiera saber qué les pareció mi experimento".

Ratoncita es la primera en levantar la mano y la señorita Gallina le da el turno. "A mí no me pareció muy bien cuando mis amigos me dejaron atrás en el recreo."

Conejita alza la mano también, y espera hasta que la señorita Gallina le da la palabra. "Oso y yo no nos pudimos columpiar en el recreo porque Zorrillo y Tortuga no quisieron compartir los columpios con nosotros."

"Y el recreo no fue divertido porque los demás no pudimos ponernos de acuerdo en qué jugar", agrega Perrito, cuando la señorita Gallina le da su turno.

Entonces Hipo levanta la mano. "Mis amigos me hicieron sentir mal porque no me escucharon leer mi cuento", dice. "Ahora sé cómo se siente usted cuando trata de enseñarnos algo y nosotros estamos hablando", agrega.

"¿Y qué les enseñan sobre los buenos modales estas experiencias?", pregunta la señorita Gallina al grupo. Todos los alumnos levantan la mano.

"Yo aprendí que al tener buenos modales se piensa en los demás antes que en uno mismo", dice Ratoncita.

"Yo aprendí que sin buenos modales no se podría compartir, y prefiero compartir con mis amigos", explica claramente Conejita.

"Yo aprendí que es mucho más divertido jugar usando buenos modales", agrega Perrito.

"Y yo aprendí que es mucho mejor cuando el grupo presta atención a quien está hablando", dice Hipo.

Finalmente, la señorita Gallina agrega: "¿No les parece que es mucho más difícil aprender cuando el grupo está gritando y todos hacen preguntas al mismo tiempo?"

"¡Oh, claro!", dicen todos, asintiendo con la cabeza.

"Especialmente español", dice Zorrillo.

Cuando suena la campana de la escuela, el grupo espera a que los dejen salir, y lo hacen bien formados. Perrito incluso deja pasar a Ratoncita delante de él. "Después de ti", le dice.

"No, después de ti", le dice Ratoncita a Perrito.

Ambos salen juntos por la puerta.

"Supongo que los buenos modales no volverán a ser un problema en mi clase", se dice la señorita Gallina, sonriendo con satisfacción.

La maceta rota

Escrito por Brian Conway

La mejor parte del día para Perrito y sus amigos es el recreo en el patio. Hoy están jugando kickbol. El juego está muy cerrado, pero al equipo de Perrito no le preocupa, porque le toca a Hipo el turno de patear.

Hipo es el mejor jugador de kickbol de toda la escuela. ¡El equipo de Perrito siempre gana porque tiene a Hipo de su lado!

"Necesitamos una buena patada, Hipo", dice Perrito. "¡Sé que puedes hacerlo!"

¡De una fuerte patada, Hipo manda a volar la pelota, que rebota en la cerca mientras el chico corre para tocar todas las bases!

Hipo puede ser el mejor pateador de la escuela, pero no es el corredor más rápido. Apenas llegará a *Home*, así que para alcanzarla, se "barre".

Cuando el polvo se asienta, el equipo de Perrito empieza a vitorearlo. ¡Hipo ganó la carrera! ¡Perrito y sus amigos son los campeones del día!

La maceta rota

Los amigos regresan al salón aún gritando por la gran barrida de Hipo. ¡Hipo es el héroe del día!

Zorrillo se perdió el juego, pero Perrito le cuenta todo con detalle.

"Necesitábamos que Hipo anotara", dice Perrito. "¡Y claro que lo hizo!"

"Fue mucho mejor que eso", les dice Hipo. "¡Me deslicé sobre mi barriguita para ganar el partido!"

"¡Me parece un final fantástico!", dice Zorrillo. "¡Ojalá lo hubiera visto!"

Hipo corre al frente del salón. "Mira", dice, "te lo mostraré". Entonces da tres pasos que hacen retumbar el salón y se lanza al piso.

Pero dentro del salón de la señorita Gallina, Hipo no tiene mucho espacio para su gran barrida y choca por accidente contra el escritorio de la maestra.

Antes de que Hipo pueda salvarla, la maceta favorita de la señorita Gallina se tambalea y cae al piso, rompiéndose en mil pedazos.

El tesoro de los valores

La señorita Gallina ve su maceta rota en cuanto entra al salón. Sus alumnos la observan.

Baja la mirada hacia la maceta y después levanta la vista hacia ellos. Todos están muy callados.

"¡Oh, cielos!", suspira la señorita Gallina. "¡Mi maceta favorita! ¿Cómo pudo haber sucedido esto?"

Todo el grupo se encoge de hombros y todos se miran entre sí. Perrito y Gatita observan a Hipo. Piensan que debería ponerse de pie y decir la verdad sobre lo sucedido.

Mientras la señorita Gallina limpia todo, Hipo sale lentamente de su pupitre. Se siente muy mal por el accidente.

"¿Nadie sabe?", pregunta la señorita Gallina. "Recuerdo que dejé mi flor en el escritorio cuando todos salimos al recreo."

Por fin habla Hipo: "Estábamos tan emocionados por haber ganado el juego de kickbol en el recreo de hoy, que supongo que nadie notó el desorden."

"Es muy difícil no darse cuenta de esto", dice la señorita Gallina. "Pero sí me doy cuenta de que estaban demasiado emocionados con sus juegos del recreo."

La maceta rota

Los alumnos guardan silencio mientras la señorita Gallina da su clase. Nadie dice nada hasta el almuerzo.

En la mesa, todos tienen algo que decirle a Hipo. Se siente muy mal.

"Ya mentiste una vez", dice Perrito. "Deberías decirle la verdad a la señorita Gallina."

"Ella entenderá", agrega Gatita. "Después de todo, fue un accidente."

Ratoncita le recuerda a Hipo que una mentira sólo empeora las cosas. "Primero fue sólo un accidente", le dice. "Ahora es un accidente con una mentira encima."

Hipo no sabe qué hacer, porque teme que la señorita Gallina lo regañe.

Puerquito tiene una idea diferente. "Inventaré algo", dice. "Le contaré a la señorita Gallina cómo se rompió su maceta mientras todos estaban afuera en el recreo."

"¡Pero eso es poner una nueva mentira sobre la anterior!", dice Ratoncita con tristeza.

"¡Pero así nadie se mete en problemas!", replica Puerquito.

Hipo regresa al salón antes de que termine la hora del almuerzo. Todavía no sabe lo que le dirá a la señorita Gallina. Quiere decirle la verdad, pero no desea meterse en problemas.

"Hmm, se-señorita Gallina", tartamudea Hipo.

"Sí, Hipo", dice la señorita Gallina. "Pasa. ¿Hay algo que quieras decirme?"

Hipo abre la boca para decirle la verdad, pero le sale otra mentira. Le dice a la señorita Gallina que todos los alumnos vieron un avioncito dar vueltas y giros en el patio durante el recreo de hoy.

"Así que estaba pensando", dice Hipo, "que tal vez el avioncito se metió por la ventana. ¡Pudo haber chocado contra la maceta!"

"Es posible", dice la señorita Gallina. "Gracias, Hipo."

Aliviado, Hipo va a sentarse a su pupitre. Un momento después, la señorita Gallina le señala su flor.

"Mi flor necesita ahora una maceta más grande para crecer", le dice. "¿Por qué no te quedas después de clases a ayudarme a plantarla?"

La maceta rota

La maceta rota

Hipo pasa toda la tarde preocupado pensando en la escuela. Piensa que quizás la señorita Gallina quiere regañarlo después de clases.

Mientras sus amigos juegan después de clases, Hipo corre al arenero por su cubo y su pala.

Después, Hipo saca tierra fresca cerca de la escuela para la flor de la maestra.

La señorita Gallina sale a buscar a Hipo al patio. "Gracias por la tierra fresca", le dice. "Este cubo será una maravillosa maceta. Ya no se romperá como la anterior."

Otra vez, Hipo empieza a decirle la verdad a la señorita Gallina, pero le sale otra mentira. Le dice que hoy vio a un gigante en el patio.

"El gigante pisoteó todo el patio", miente Hipo. "Hizo temblar el suelo con sus pisadas. Tal vez tanta sacudida hizo caer la maceta."

"Es posible", dice la señorita Gallina. "¿Pero no crees que yo habría visto a un gigante en el patio? Debe haber sido otra cosa lo que derribó mi maceta."

El tesoro de los valores

Hipo se sienta junto a Perrito en el autobús y le cuenta lo que sucedió después de clases.

"¡Un gigante!", exclamó Perrito. "¡Esa es la mentira más grande de todas!"

Hipo dice: "Quería decirle la verdad, pero temí que se disgustara. Siempre me salen estos tontos cuentos y ahora es demasiado tarde."

Perrito sabe que la señorita Gallina es una maestra muy comprensiva. "Nunca es demasiado tarde para decir la verdad", le dice a su preocupado amigo.

Hipo sabe que Perrito tiene razón. Sin embargo, aún no sabe qué hacer.

En casa, Hipo está demasiado preocupado para comer. Ya se olvidó del gran juego en el recreo de hoy, y no piensa que sea un héroe. Cree que es un mentiroso.

Hipo se mete a la cama y no puede dormir porque está demasiado preocupado. ¡Nunca antes le costó trabajo dormir, y comer jamás fue un problema para Hipo!

Ya tarde, esa noche, Hipo decide cómo resolver la situación.

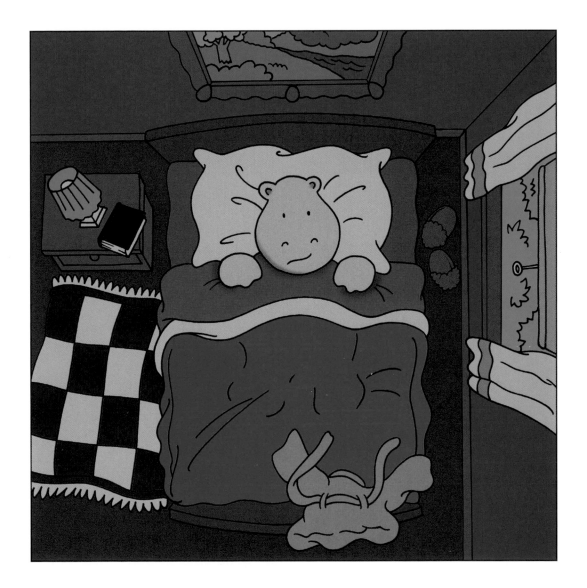

La maceta rota

A la mañana siguiente, Hipo llega a la escuela antes que sus compañeros.

Va directamente al escritorio de la señorita Gallina y le dice: "¡Señorita Gallina, tengo algo que decirle! Fue un accidente. No fue a propósito. ¡Después le mentí!"

"Cálmate, Hipo", dice tranquila la señorita Gallina. "Te estoy escuchando."

Con lágrimas en los ojos, Hipo le dice que lamenta mucho haber roto su maceta, pero lamenta más aún haberle dicho mentiras.

"Me siento muy mal", lloriquea. "No quise mentir, pero tampoco quería meterme en problemas. Ahora sé que decir la verdad es lo más importante."

A la señorita Gallina le da mucho gusto que Hipo decidiera decirle la verdad. Le dice que no se preocupe por meterse en problemas. "Aprendiste tu lección", dice. "Dijiste la verdad."

Hipo le ofrece a la maestra comprarle una nueva maceta, pero la señorita Gallina está feliz con la que tiene ahora, y parece que su flor también.

Perrito llega primero a clases. No vio a Hipo en el autobús, pero espera encontrarlo en la escuela.

Hipo se siente feliz otra vez, así que sonríe y le guiña el ojo a Perrito cuando la señorita Gallina empieza la clase.

"Tengo algo que decirles", dice la señorita Gallina. "Ya sé quién rompió mi maceta."

"Oooo", murmura la clase. Todos miran a Hipo.

"Ya sé que fue un accidente, así que no castigaré a nadie", agrega. "Los accidentes suceden, y las cosas se rompen, pero las mentiras pueden romper algo mucho más importante que una maceta. ¿Alguien sabe lo que puede romper una mentira?"

Hipo dice: "Las mentiras pueden romper la confianza."

"Correcto, Hipo", dice la señorita Gallina, orgullosa. "La confianza es algo muy importante. Las amistades sólo pueden crecer con una confianza íntegra."

Después, la señorita Gallina le muestra al grupo su nueva maceta, el resistente cubo de Hipo.

"Mi flor tiene un nuevo sitio donde crecer", dice. "¡No la romperán ni un veloz avión ni las pisadas de un gigante!"

Manos que ayudan

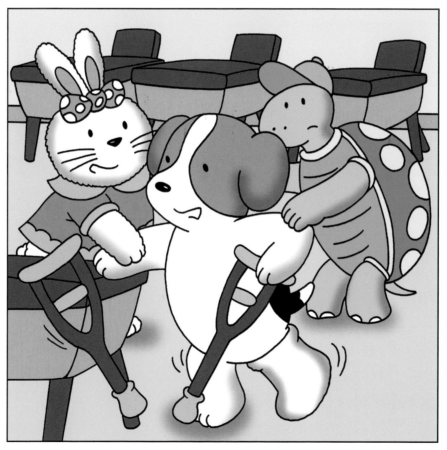

Escrito por Brian Conway

Perrito tiene una pierna enyesada. Su pierna rota todavía le duele un poco, pero sus sentimientos son lo que más le duele, porque piensa que no podrá jugar con sus amigos hasta que su pierna mejore.

Perrito no puede correr ni brincar. No puede columpiarse ni jugar en la arena. Perrito no puede pasear en bicicleta ni jugar a la pelota con sus amigos. No puede hacer nada de lo que le gusta hacer con ellos.

Perrito no quiere que sus amigos lo traten de manera diferente. No quiere que sepan que está lastimado.

"No puedo hacer nada", suspira Perrito. "¿Qué dirán mis amigos cuando me vean así?"

El doctor le dijo a Perrito que puede caminar, pero sólo si utiliza un par de muletas ruidosas, que lo hacen caminar muy tieso y lento.

Perrito no tiene ganas de caminar, ni quiere ir hoy a la escuela. Ni siquiera cree que pueda caminar hasta la parada del autobús. No quiere ir a ningún lado.

Manos que ayudan

Manos que ayudan

En todo el día, Perrito no se mueve de su silla y se sorprende al escuchar el timbre de la puerta.

"¿Quién podrá ser?", gruñe Perrito, tratando de alcanzar sus muletas.

Perrito se mueve torpemente hacia la puerta con sus muletas, una se le cae y hace mucho ruido.

"¿Perrito?", dice una voz. "¿Estás ahí?"

"Un momento", grita Perrito del otro lado de la puerta. Pone las muletas a un lado y abre la puerta apenas un poco. Oso y Gatita vinieron a visitarlo.

"¿Dónde estuviste hoy?", pregunta Gatita. "Te echamos de menos en la escuela."

Perrito esconde su pierna enyesada detrás de la puerta.

"Estuve resfriado", dice, "pero ahora ya me siento mejor".

"¡Qué bueno!", dice Oso. "¡Vamos a pasear en bicicleta!"

Perrito suspira: "No puedo. Tengo que limpiar mi cuarto."

Oso y Gatita se dan cuenta de que algo anda mal, pero hoy pueden pasear en bicicleta sin Perrito. "De acuerdo", dice Gatita. "Bueno, te veremos mañana en la escuela."

Perrito sabe que no puede faltar siempre a la escuela, así que tarde o temprano sus amigos tendrán que saber lo de su pierna. Pero le preocupa que sus amigos no quieran jugar con él.

Con su pierna enyesada y las muletas, Perrito tarda más en hacer todo. Le toma más tiempo estar listo para la escuela al día siguiente, y le llevará mucho más tiempo llegar a la parada del autobús.

Perrito toma sus libros y su bolsa del almuerzo. Ya tiene ocupadas las manos. ¿Ahora cómo sujetará sus muletas?

"Mi pierna es la que está rota", suspira. "¡Nunca pensé que necesitaría dos manos más!"

Perrito está seguro de que puede hacerlo solo, pero nunca había sido tan difícil caminar.

Perrito se siente contento por haber salido de casa temprano. ¡No quiere que sus amigos vean que tiene tantos problemas!

Recuerda todas las ocasiones en que corrió a la parada del autobús y desearía poder correr ahora.

"No podré jugar a perseguirnos ni kickbol en el recreo", solloza Perrito.

Manos que ayudan

Manos que ayudan

Puerquito y los demás se encuentran con Perrito en la parada del autobús.

"Ay, Perrito, mírate", dice Puerquito. "¿Qué te pasó?"

"No es nada", contesta Perrito gruñendo. "Me rompí la pierna."

Gatita parece preocupada. "¿Estás bien?", le pregunta.

"De verdad, estoy bien", refunfuña Perrito. "Soy el mismo Perrito de siempre, sólo que con una pierna enyesada."

Zorrillo le ofrece cargar sus libros, y Puerquito le ofrece ayudarle a subir al autobús.

"No, gracias", dice Perrito. "Yo puedo hacerlo solo."

El enorme yeso de Perrito y sus muletas le dificultan subir las escaleras. Sus amigos se dan cuenta de que no quiere que lo mimen.

En el autobús, Ratoncita habla sobre otra cosa. "Hoy en el recreo vamos a tener un gran juego", dice.

Perrito frunce el ceño. Hoy no puede jugar kickbol.

"¡Haremos nuestro mejor esfuerzo y ganaremos por Perrito!", dice animada Ratoncita. Puerquito está de acuerdo y le sonríe a Perrito.

Pero eso no lo anima en lo absoluto.

Perrito llega a su pupitre sin ninguna ayuda, ¡pero ya se siente muy cansado, y el día de clases apenas acaba de empezar!

"¡Muy bien, grupo, todos de pie!", dice la señorita Gallina. "Comencemos la clase de ortografía."

Los amigos de Perrito corren a la pizarra, pero él aún intenta alcanzar sus muletas.

"Ay, Perrito, estás lastimado", dice la señorita Gallina. "Lo siento. Tú puedes escribir en tu pupitre."

Perrito no quiere escribir en su pupitre sino en la pizarra, como todos sus amigos.

"No, estoy bien", dice Perrito. "Sí puedo hacerlo."

La señorita Gallina parece preocupada. Pero Perrito se levanta de su pupitre y camina lentamente por el pasillo. ¡Entonces, una de sus muletas choca con un pupitre y Perrito empieza a tambalearse!

Tortuga y Conejita corren a sostenerlo, y Perrito se siente muy avergonzado. No les permitirá regresarlo a su pupitre.

"Estoy bien", refunfuña. "Puedo hacerlo solo."

Manos que ayudan

El tesoro de los valores

Manos que ayudan

En el recreo, los amigos de Perrito se detienen a preguntarle si necesita ayuda en algo. "Adelántense", dice Perrito. "Yo puedo solo. Los veré en el patio."

Sus amigos salen corriendo a jugar, pero la señorita Gallina sigue preocupada por Perrito.

"Tus amigos quieren ayudarte", le dice. "¿Por qué no les permites hacerlo?"

"No necesito que me ayuden", responde Perrito. "Estoy bien."

"Pero tu pierna está enyesada", dice la señorita Gallina, "y no parece que estés bien. No te comportas como el Perrito que conozco. ¡Ni siquiera les diste las gracias a tus amigos por evitar que te cayeras!"

Perrito suspira: "No puedo correr ni jugar. ¡Difícilmente puedo caminar!"

"Tus amigos lo entienden", dice la señorita Gallina.

"Seguro que quieren ayudarme", dice Perrito. "Pero no querrán volver a jugar conmigo."

"No te preocupes, Perrito", dice la señorita Gallina. "Tus amigos buscarán la manera de incluirte en su diversión."

El tesoro de los valores

Perrito se va al patio en sus muletas. No puede jugar kickbol, pero puede ver a sus amigos jugar. Sin embargo, ve que ninguno de sus amigos está jugando kickbol en el patio.

"¡Perrito!", le gritan desde la mesa para días de campo. "¡Aquí estamos!"

Ratoncita corre a encontrarse con Perrito.

"¡No podemos jugar kickbol sin nuestro mejor jugador!", dice. "Esos juegos pueden esperar hasta que estés mejor."

Los amigos de Perrito prepararon un tipo de juego diferente. ¡Es un juego de mesa en el que Perrito también puede jugar!

"Pronto tu pierna estará como nueva", dice Conejita.

"No nos importa esperarte", comenta Oso. "Eres nuestro mejor amigo."

"¡Así que divirtámonos mientras esperamos!", dice Zorrillo.

¡Perrito está muy feliz! "¿Quieren decir que aún les parece divertido estar conmigo?", pregunta.

"Por supuesto", dice Gatita. "¡Eres el mismo Perrito de siempre, sólo que con una pierna enyesada!"

Manos que ayudan

Manos que ayudan

"Realmente me preocupaba que no quisieran volver a jugar conmigo", les dice Perrito a sus amigos de regreso al salón.

"No seas bobo, Perrito", dice Tortuga.

Perrito sonríe y da las gracias a sus amigos. Ellos prometen ayudarle a mejorarse.

"Tú me ayudaste cuando se desinfló la llanta de mi bicicleta", le recuerda Puerquito.

"Y tú me llevaste la tarea a casa cuando estaba enfermo", dice Zorrillo.

Perrito deja que sus amigos le ayuden a subir los escalones. Está ansioso por contarle a la señorita Gallina cómo lo ayudaron.

La señorita Gallina tiene planeado un proyecto de arte para el grupo.

"Todos tomen un poco de pintura dactilar", dice, y sonriéndole a Perrito, agrega: "Todos menos Perrito. ¡Vamos a firmar su yeso!"

Todos los amigos de Perrito ponen su huella en el yeso blanco. Al poco rato el yeso está cubierto de huellas de colores.

"¡Éstas son todas las manos que te ayudarán!", dice la señorita Gallina.

Finalmente llega el día en que la pierna de Perrito ya está bien. Sin yeso ni muletas, todo es más fácil, y corre a la parada del autobús a encontrarse con sus amigos, como solía hacerlo.

Sus amigos ya están ahí, aplaudiéndole. Perrito sube saltando por las escaleras del autobús.

"¡Ta-rán!", dice. Sus amigos vuelven a aplaudir.

En clase, la señorita Gallina llama a todos a la pizarra. Perrito es el primero en llegar. Sus amigos se ríen y aplauden nuevamente.

"¡Me parece que tus amigos te están aplaudiendo con sus manos ayudadoras!", dice la señorita Gallina.

Perrito es la estrella del día. Sus amigos le entregan una enorme tarjeta que hicieron con la señorita Gallina después de clases. Dice con letras grandes: "¡Bienvenido!" y está decorada con todas las huellas de colores que estaban en su yeso.

"Gracias a todas las manos que me ayudaron", dice Perrito, "¡ya estoy de regreso y mejor que nunca!"

Perrito se siente muy feliz de poder caminar, correr y jugar de nuevo.

El tesoro de los valores

Pero Perrito se siente aún más feliz por contar con unos amigos maravillosos que le ayudan cuando lo necesita.

No le llevó mucho tiempo a Perrito poder correr y saltar tan bien como lo hacía antes de romperse la pierna.

Se puede columpiar y jugar en la arena. Perrito puede pasear en bicicleta y jugar a la pelota con sus amigos. ¡Puede hacer todo lo que a él y a sus amigos les gusta hacer!

Hoy en el recreo, el equipo de Perrito tiene un gran partido.

"Puedes hacerlo, Perrito", dice Ratoncita. "¡Da una buena patada!" Perrito ha esperado este día durante mucho tiempo.

¡La pierna de Perrito está más fuerte que nunca! ¡Patea un jonrón al primer intento! Perrito corre a cada una de las bases mientras sus amigos le aplauden con sus manos ayudadoras.

"Me alegra estar mejor", les dice a sus amigos después del juego. "¡Ahora puedo hacer todo lo que les gusta hacer a mis amigos! ¡Hasta puedo ayudar a quien lo necesite!"

"¡Bueno, hoy nos ayudaste a ganar!", dice Ratoncita. "¡Ese es un gran comienzo!"

Los amigos comparten

Escrito por Brian Conway

Oso e Hipo se divierten juntos en el parque. Esperan su turno para lanzarse por la resbaladilla. "Después de ti", dice Hipo amablemente.

Se columpian por turnos. "Creo que te toca primero", dice Oso con cortesía.

Comparten el sube y baja. Cuando Oso sube, Hipo baja. Y cuando Hipo sube, Oso baja. Sin duda, Hipo y Oso forman un buen equipo.

Los amigos no pueden recordar a quién le toca primero en el pasamanos.

"Es tu turno", dice Hipo.

"No, creo que tú vas primero", dice Oso.

Mientras lo están discutiendo, Hipo y Oso voltean al suelo y ven la orilla de un papelito verde que apenas asoma entre la arena.

Juntos, bajan a recogerlo. Hipo se estira para alcanzarlo, y Oso también. Lo alcanzan exactamente al mismo tiempo. ¡El papelito es un frágil billete verde!

Los amigos comparten

Los amigos comparten

¡Los ojos de Hipo y Oso se iluminan!

"¡Guaaau!", gritan exactamente al mismo tiempo. "¡Un billete!" Miran por todo el patio. Oso voltea a la izquierda, Hipo mira a la derecha. El parque no está muy lleno y nadie parece estar buscando nada.

Pero los dos amigos aún no pueden festejarlo. El dinero no es suyo, porque ninguno de los dos ha perdido un billete. Alguien más debe haberlo perdido.

"Tal vez alguien realmente necesite ese dinero", dice Oso preocupado, "para comprar comida".

"O alguien puede necesitarlo para tomar el autobús a casa esta noche", agrega Hipo.

Oso se pregunta: "¿Y si era el billete de la suerte de alguien, y lo perdió?"

"Si lo perdió", bromea Hipo, "no era de mucha suerte, ¿o sí?"

"Y ahora es nuestro billete de la suerte", dice Oso, riendo.

Sin embargo, Hipo y Oso deciden esperar a ver si alguien se acerca en busca del billete, ¡pero no se ponen de acuerdo en quién guardará su afortunado descubrimiento!

Hipo y Oso esperan mucho tiempo en el pasamanos. Nadie se acerca a buscar el billete.

"Bueno, ya esperamos", dice Oso. "¿Ya podemos quedarnos con él?"

"Todavía no", dice Hipo. "Creo que debemos preguntar."

Hipo y Oso empiezan a caminar por el parque. Primero encuentran a Zorrillo, que viene cruzando el parque de regreso de la biblioteca.

"¡Oye, Zorrillo!", le grita Oso. "¿Se te perdió algo hoy?"

"Casi olvidé mi credencial de la biblioteca", dice Zorrillo, "pero no creo haber perdido nada".

"Encontramos un billete en el parque", le explica Hipo. "¿No es tuyo, verdad?"

Hipo desea que el billete no sea de Zorrillo.

"No he estado en el parque en todo el día", dice Zorrillo. "¡Y además, no tengo dinero que perder!"

Hipo y Oso le preguntan qué deben hacer ahora.

"Si yo tuviera un billete", responde Zorrillo, "me compraría un libro nuevo".

Los amigos comparten

Los amigos comparten

Hipo y Oso caminan al otro lado del parque, donde encuentran a Conejita y a Gatita.

"¿Perdieron algo hoy?", les pregunta Hipo.

Conejita y Gatita se miran entre sí. "No, que sepamos", dice Gatita. "¿Por qué?"

"Encontramos un billete en el parque", explica Oso. "¿No es de ustedes, verdad?"

Oso desea que el billete no le pertenezca a Conejita ni a Gatita.

"Es mucho dinero", dice Conejita. "Pero estoy segura de que no es mío."

"Si me faltara un billete", dice Gatita, "¡lo sabría de inmediato!"

Hipo y Oso les preguntan qué deben hacer ahora.

"Si yo tuviera ese billete", contesta Conejita, "me compraría un bocadillo antes de mi clase de baile".

"Creo que ustedes dos están haciendo lo correcto", dice Gatita. "Deben seguir preguntando. Si no encuentran a nadie que haya perdido un billete, entonces pueden quedárselo."

El tesoro de los valores

Hipo y Oso caminan hasta el arenero, donde Puerquito y Ratoncita están cavando en la arena.

"¿Se les perdió algo hoy?", les pregunta Oso.

Puerquito y Ratoncita dejan de cavar. "Depende", dice Ratoncita jugando. "¿Qué encontraste?"

"Encontramos un billete en el parque", explica Hipo. "¿No es suyo, verdad?"

Hipo espera que el billete no sea de Puerquito ni de Ratoncita.

"¿Encontraron un billete completo?", pregunta Puerquito. "¡Qué golpe de suerte!"

"Hemos estado excavando en busca de tesoros todo el día", dice Ratoncita. "Y hasta ahora lo único que hemos encontrado es el tapón de una botella, una lata, dos centavos y una liga."

Hipo y Oso le preguntan a Ratoncita y a Puerquito qué deben hacer después.

"Dame el billete", bromea Ratoncita. Hipo y Oso están seguros de que no quieren dárselo.

"Ya hicieron suficiente", dice Puerquito. "Creo que ahora deben quedarse con el billete."

Los amigos comparten

Los amigos comparten

Oso piensa que han hecho todo lo posible por saber quién perdió el billete. Hipo no está de acuerdo y cree que deberían hacer más.

Hipo y Oso han preguntado a todos en el parque excepto a Perrito, que está sentado en la mesa para días de campo.

"¿Perdiste algo hoy?", le pregunta Hipo.

"Le he estado escribiendo esta carta a mi bisabuelo", dice Perrito. "No he perdido nada."

"Encontramos un billete en el patio", le explica Oso. "¿No es tuyo, verdad?"

Oso espera que el billete no sea de Perrito.

"No es mi billete", dice Perrito. "Pero de seguro alguien lo debe estar buscando."

"Ya les preguntamos a todos aquí", dice Oso. "Nadie lo está buscando."

Hipo y Oso le preguntan a Perrito qué deben hacer ahora.

"¿Por qué no ponen un letrero?", dice Perrito. "Esperen un día. Si nadie viene a reclamar el billete, entonces les pertenece a ustedes."

El tesoro de los valores

Hipo y Oso esperan todo el día en la mesa para días de campo. Muchos niños con sus papás visitan el parque ese día.

La mayoría pasan frente al letrero y algunos se detienen a leerlo, pero nadie les pregunta por un billete perdido.

Hipo y Oso discuten sobre lo que deben hacer a continuación.

"Perrito dijo que esperáramos un día", dice Hipo.

"¡Ya estuvimos aquí todo el día, Hipo!", le dice Oso.

"¡Pero todavía no se acaba el día, Oso!", le contesta Hipo.

Hipo y Oso esperan un poco más y comienzan a hacer planes para gastar el dinero.

"¡Creo que compraré un chocolate gigante que me dure toda una semana!", dice Oso.

"Yo lo voy a ahorrar para comprarme un balón de fútbol nuevo", dice Hipo.

Empieza a oscurecer y Oso quiere ir a comprar su chocolate antes de que la tienda cierre, pero Hipo sigue pensando que es demasiado pronto para gastar el dinero.

Ambos miran el billete, pensando en todas las formas en que podrían gastarlo.

Los amigos comparten

"Esperemos hasta mañana", dice Hipo. "Alguien puede venir a buscarlo temprano."

Oso recuerda lo que dijo Perrito. "Creo que tienes razón", acepta finalmente. "Puedo esperar hasta mañana."

Ahora Hipo y Oso sólo tienen que decidir qué harán con el billete.

"Yo me lo llevaré a casa", dice Oso. "Estará a salvo allá conmigo."

"¡De ninguna manera!", dice Hipo. "Pasas frente a la dulcería camino a casa. ¡El billete está más seguro conmigo!"

Oso sujeta un extremo del billete, Hipo sujeta el otro. ¡Forcejean tanto que casi lo parten a la mitad!

Hipo pone fin a sus tonterías con una idea inteligente. "¿Por qué no lo escondemos aquí hasta mañana?", dice.

"Me parece bien", contesta Oso.

Para mantener su tesoro seguro, cavan un pequeño agujero junto a la mesa para días de campo y entierran el billete ahí. Después caminan a casa juntos.

Ambos siguen pensando en cómo gastar el dinero.

El tesoro de los valores

En la mañana, Hipo y Oso llegan muy temprano, y aparecen en el sitio donde dejaron el billete exactamente al mismo tiempo.

Se arrodillan para buscar su tesoro. Hipo cava un lado del agujero, Oso cava el otro. Cavan mucho más profundo que el día anterior. ¡No pueden encontrar su billete!

"¡No lo puedo creer!", gritan exactamente al mismo tiempo. "¡Ya no está!"

"¡Viniste anoche a sacarlo!", dice Hipo.

"¡No lo hice!", grita Oso. "¡Fuiste tú!"

Perrito apenas va llegando al parque y escucha a sus amigos gritarse.

"¿Qué sucedió?", pregunta.

"¡Hipo se llevó mi billete!", exclama Oso, mientras Hipo dice: "¡Oso se llevó mi billete!"

Tortuga llega de los columpios. "¡Miren lo que encontré esta mañana!", dice feliz. "¡Un tesoro enterrado!"

Tortuga agita el billete en el aire.

"¡Oye!", gritan Hipo y Oso. "¡Eso es mío!"

Los amigos comparten

Tortuga piensa que el billete es suyo. Hipo y Oso creen que les pertenece a ellos.

A Perrito no le gusta ver a sus amigos discutir, y les dice tranquilamente lo que piensa sobre su problema.

"Sólo una persona tiene el derecho de quedarse con el billete", dice Perrito, "y es quien lo perdió en primer lugar. Y si nadie lo reclama, creo que ustedes tres deben compartirlo".

A Tortuga no le importa compartir su tesoro, pero a Hipo y a Oso les importa mucho.

"Un momento, chicos", dice Perrito. "Ustedes estaban compartiendo en el parque cuando encontraron el billete. ¡Lo correcto es que compartan también para gastarlo!"

Hipo y Oso saben que Perrito tiene razón. Los tres amigos acuerdan utilizar el billete para comprar algo que les guste a los tres.

"Pienso que será divertido compartir", dice finalmente Oso.

Más tarde ese día, Hipo, Oso y Tortuga van a la heladería y se turnan para compartir un platillo con tres bolas de sus sabores favoritos.

El fuerte secreto

Escrito por Brian Conway

El tesoro de los valores

Perrito y sus amigos van a jugar hoy a un lugar muy especial, un sitio que es sólo de ellos. Tienen un patio de juegos secreto, muy lejos, en lo más profundo del bosque.

Perrito y sus amigos hicieron solos un fuerte al pie de un viejo roble hueco. Han jugado en el fuerte desde que eran muy pequeños.

"Los vemos en el fuerte", les susurran Perrito y Gatita a sus amigos después de clases. Ellos se adelantan deprisa a través del silencioso bosque. No existe ningún sendero que los conduzca a su patio de juegos privado, pero ellos conocen bien el camino.

Nadie va allí más que ellos. El fuerte es un sitio donde pueden correr y trepar. Pueden gritar y hacer tonterías. A todos les gusta jugar ahí toda la tarde.

Los amigos trepan al tronco lleno de nudos del viejo roble y se columpian en sus fuertes ramas. También saltan por sus espesas y enroscadas raíces. Juegan ahí casi todos los días. El fuerte secreto es su lugar favorito para jugar.

El fuerte secreto

El fuerte secreto

El fuerte es su patio de juegos y su sitio especial de reunión. Después de jugar a perseguirse o al escondite en el bosque, Perrito y sus amigos se sientan juntos alrededor del fuerte. Pasan horas platicando y contando chistes.

Los amigos también esconden sus tesoros en el fuerte secreto. Hipo oculta su pelota de béisbol de la suerte bajo las enredadas raíces del viejo roble. Perrito tiene un escondite para un bastón que su tío hizo especialmente para él con una varita. ¡Oso guarda más tesoros favoritos en el fuerte que en su casa!

Hoy, Conejita mete la mano bajo las raíces, para ver qué sale. Encuentra una cobijita dentro de una bolsa de plástico.

"¡Mi cobijita!", dice Gatita. "¡Cuando era chiquita, nunca la dejaba!"

"¿Recuerdan cuando Gatita se la ponía de capa?", pregunta Perrito sonriendo. Gatita también lo recuerda. Se la pone sobre los hombros y finge ser Robin Hood.

Los demás la vitorean y le aplauden. "Eres el Robin Hood más bonito que he visto", dice Ratoncita riendo.

Al día siguiente, en la escuela, la señorita Gallina le da al grupo la última noticia del pueblo: hay un plan para hacer un largo camino de paseo a través del bosque.

"El bosque es el mejor lugar para conocer las maravillas de la naturaleza", les dice a sus alumnos. "¡Ahora todas las familias del pueblo tendrán oportunidad de admirar la belleza de nuestro bosque!"

Perrito y sus amigos se miran entre sí, preocupados y con los ojos muy abiertos. Perrito es el primero en levantar la mano.

"¿Qué tan largo es ese camino?", pregunta.

"¿Sabe qué parte del bosque atraviesa?", agrega Ratoncita.

La señorita Gallina tiene un mapa del nuevo camino ecológico en su escritorio y se lo muestra al grupo.

"Bueno, claro que pasa por todos los rincones del bosque", dice, "desde el parque hasta la pradera, cruza el arroyo y sigue entre los árboles".

La señorita Gallina se da cuenta de que la noticia entristeció a sus alumnos... ella había pensado que estarían felices con el nuevo camino.

El fuerte secreto

¡Perrito y sus amigos no lo pueden creer! ¡El camino atraviesa todo el bosque, y pasa hasta por su propio patio de juegos privado!

Todos están muy tristes, pero Perrito tiene cuidado de no revelar su lugar secreto. "¿Para qué querría alguien caminar hasta allá?", le pregunta a la señorita Gallina. "¡No hay nada ahí más que árboles y hojas!"

"Para observar la naturaleza", dice la señorita Gallina. "El bosque es una parte importante de nuestro pueblo."

Conejita es la más triste de todos. Entre llanto y sollozos pregunta: "Si los árboles son tan importantes, ¿por qué los van a cortar para construir un ridículo camino?"

A la señorita Gallina le agrada el respeto por la naturaleza que demuestra Conejita. "Oh no, Conejita", dice. "No se derribará ningún árbol. El camino pasa alrededor de los árboles. Sólo cortarán algunas varitas. Es realmente fácil. ¡El camino estará listo mañana!"

Perrito está empezando a sentirse mal del estómago. ¡No quiere compartir su sitio especial!

Pero mañana el bosque estará lleno de visitantes. Después de clases, Perrito y sus amigos van a su sitio favorito.

"Esta será nuestra última visita al fuerte secreto", solloza Conejita. "¡Lo voy a extrañar mucho!"

"Todos lo haremos", dice Perrito con tristeza.

"Debemos recoger nuestras cosas", dice Oso. "Nuestro escondite ya no lo será por mucho tiempo."

Los amigos buscan entre las raíces del viejo roble y sacan todos los tesoros que tenían guardados ahí. Cada tesoro les recuerda la diversión que tuvieron en su sitio especial.

Gatita saca una caja de lo que encontró en su primera búsqueda de rocas, mientras que Hipo recoge su pelota de béisbol de la suerte.

Pero esta búsqueda del tesoro también les recuerda que la diversión en el fuerte secreto se ha terminado. Gatita guarda con tristeza su vieja cobijita en su mochila. "Creo que ya no volveré a jugar a Robin Hood", dice lentamente. Los demás piensan lo mismo y también van guardando poco a poco sus tesoros.

El fuerte secreto

El fuerte secreto

Lo último que Perrito encuentra entre las raíces es un viejo álbum de fotos. El otoño anterior, la señorita Gallina ayudó a Perrito y sus amigos a hacer un libro de hojas. El libro está lleno de hojas de colores de diferentes árboles.

Después de recoger las hojas caídas de sus árboles preferidos del bosque, la señorita Gallina les enseñó cómo colocar cada hoja en el álbum y prensarlas sin hacerles daño. Después escribieron debajo de cada una el tipo de árbol al que pertenecía. Ahora, Perrito abre una página para mostrársela a sus amigos.

"¡Yo conozco esa hoja!", dice emocionada Gatita. "Es del frondoso roble que está junto al arroyo."

Puerquito señala otra. "¡Ésa es del arce donde colgamos nuestro primer columpio!", dice.

Perrito les muestra a sus amigos todas las páginas del libro de hojas, y todos los árboles les traen buenos recuerdos.

Los amigos terminan de limpiar el viejo roble. Miran por última vez su lugar de juegos privado del bosque, antes de regresar lentamente al pueblo.

Al día siguiente en la escuela, la señorita Gallina nota que sus alumnos están muy tristes. Toda la mañana miran hacia afuera por la ventana del salón. Están pensando en su fuerte especial y se preguntan quién estará jugando ahora ahí.

Aunque no sabe por qué están tristes, a la señorita Gallina se le ocurre algo que cree que los animará.

"Después de almorzar", les dice, "¡iremos a pasear al campo!"

¡A los alumnos les gusta la idea!

"¿No creen que sería divertido dar un paseo ecológico por el bosque hoy?", pregunta la señorita Gallina.

Perrito y sus amigos se vuelven a sentar calladamente hasta la hora del almuerzo. En el almuerzo, Puerquito y Ratoncita dicen que no quieren ir al bosque.

"No será lo mismo", dice Puerquito.

"¡Tal vez llore frente a todos!", dice Ratoncita.

"Ya no será lo mismo", dice Perrito, "pero quizá siga siendo divertido".

Después de almorzar, la señorita Gallina lleva al grupo por el camino.

El fuerte secreto

El fuerte secreto

Perrito y sus amigos se sorprenden al ver tan lleno el camino. Algunos dan un paseo para hacer ejercicio, otros se detienen a observar cada planta y cada árbol, y los niños más pequeños entran y salen corriendo del camino al bosque mientras juegan.

Perrito y sus amigos son los únicos que no se divierten. El bosque que conocen tan bien ha cambiado.

"Parece que todo el pueblo está aquí", le susurra Puerquito a sus amigos.

"¡Ahora nuestro patio secreto parece la Calle Principal!", se queja Hipo.

"Ojalá todos se fueran a casa", solloza Oso.

La señorita Gallina se la está pasando muy bien. Señala los árboles y las flores que quiere que sus alumnos conozcan. No entiende por qué están tan tristes.

La señorita Gallina se acerca al viejo roble y llama a todos sus alumnos. "¡Ese viejo roble debe ser el árbol más antiguo del bosque!", exclama alegremente. "¿Por qué no van a jugar por ahí?"

El tesoro de los valores

Perrito y sus amigos se reúnen alrededor del viejo roble. Nadie dice nada. Sólo se sientan tristemente a escuchar el alboroto que hacen los extraños al pasar por ahí.

"Me gustaban más nuestros paseos por la naturaleza antes de que hubiera camino", dice Conejita.

En ese momento, una gatita que va pasando se acerca a su fuerte. La curiosa gatita trae una hoja de árbol.

"Disculpen", dice, "¿ustedes saben a qué árbol pertenece esta linda hoja?"

Perrito y sus amigos se quedan sentados. ¡Han visto hojas como ésa muchas veces antes y saben exactamente cuál es el árbol al que pertenece!

"Esa es una hoja de roble", dice Perrito. "Es de este árbol bajo el que estamos sentados."

Perrito recuerda que trae su libro de hojas en la mochila. Lo saca y le enseña a la gatita otra enorme hoja del mismo viejo roble.

"¡Qué hojas tan bonitas!", dice la gatita. "Realmente me gusta este libro", agrega.

El fuerte secreto

"Ninguno de los demás robles del bosque tiene hojas tan grandes", le explica Perrito a la gatita. "¡Este es el roble más viejo del bosque!"

"¿Cómo saben tanto acerca de la naturaleza?", pregunta la gatita.

"Venimos aquí todo el tiempo", dice Conejita.

"¡Conocemos todos los árboles de esta parte del bosque!", dice Puerquito feliz.

La gatita oye que su mamá la llama. "Tengo que irme", dice. "¿Me enseñarán más árboles la próxima vez?"

Perrito y sus amigos se sienten felices de compartir lo que saben sobre su lugar favorito del bosque. "¡Claro!", dice Perrito. "¡Este bosque es para que todos lo disfruten!"

"¡Trae a tus amigos!", dice Oso. "¡Y también les mostraremos los mejores lugares para jugar!"

"Y si alguna vez quieres saber más sobre los árboles de este lugar", dice Perrito, mientras guarda nuevamente el libro de hojas bajo las raíces del viejo roble, "este libro siempre estará aquí para que tú y tus amigos lo vean".

Acrobacias locas

Escrito por Brian Conway

Perrito está jugando en el arenero con sus amigos y exclama: "¡Miren lo que hice!"

Zorrillo y Tortuga suspenden lo que están haciendo para ver el asombroso castillo de arena de Perrito.

"¡Guaaau!", dice Tortuga. "¡Se ve magnífico!"

Perrito es el mejor constructor de castillos de arena. Zorrillo baja la mirada y ve el montón de arena que creó. Después observa el cerro de arena en el que está trabajando Tortuga.

"¿Oye, Perrito?", pregunta Zorrillo. "¿Te podemos ayudar con tu castillo de arena?"

A Perrito le encanta compartir su habilidad con sus amigos. De pronto, una mancha rosa pasa veloz junto al arenero. ¡Zuuum!

"¿Qué fue eso?", pregunta Tortuga.

¡Zuuum! Pasa veloz de nuevo, pero esta vez la mancha rosa se detiene junto a ellos.

"¡Hola!", dice Puerquito. "¿Les gustan mis patines nuevos?"

Antes de que puedan contestarle, Puerquito se vuelve a ir, pasando veloz por todo el parque.

El tesoro de los valores

Acrobacias locas

Puerquito pasa patinando unas cuantas veces. Es un patinador muy veloz.

"¿Qué tan rápido creen que iba?", pregunta.

Levantando la mirada de su castillo de arena, Perrito contesta: "¡Muy rápido! ¡Casi ni te vimos!"

Puerquito patina hasta el final del parque y regresa.

"¿Qué tan rápido iba esta vez?", pregunta.

Tortuga ya sabe que Puerquito es un patinador rápido, y piensa que sólo está presumiendo.

"No te podemos ver patinar ahora", le dice amablemente.

Puerquito se encoge de hombros y se va patinando a buscar a sus otros amigos. Hipo y Conejita están jugando en el sube y baja.

"¿Les gustan mis nuevos patines?", pregunta Puerquito.

"¡Están lindos!", dice Conejita. "¿Qué tan rápido puedes ir?"

"Bueno", presume Puerquito, "rapidísimo. ¿Quieren verme?"

"¡Claro!", grita Hipo.

Hipo y Conejita ríen mientras ven a Puerquito patinar rápido haciendo círculos alrededor de ellos.

"Llámenme el Rayo Rosa", grita animadamente Puerquito.

Puerquito se siente un poco mareado, pero aun así presume: "¡Eso fue fácil! Todavía puedo ir más rápido."

"Sabemos que puedes", se ríe Conejita.

"¿Por qué no te detienes un momento?", dice Hipo. "Conejita te puede enseñar sus nuevos pasos de baile."

Conejita aprende mucho sobre equilibrio en sus clases de baile. Puede bailar en una pierna o girar con la punta de un pie, y se mueve muy bien.

Empieza su rutina, pero Puerquito la interrumpe. Ahora no quiere sentarse a ver a Conejita, ¡quiere presumir sus nuevos patines! Piensa que patinar es más interesante que bailar.

"¡Yo puedo mejorar eso!", dice Puerquito. "¡Puedo hacerlo en patines!"

"¿Es seguro?", dice Conejita, preocupada. "Por favor ten cuidado, Puerquito."

Puerquito no le presta atención. Primero patina hacia atrás y después patina en una pierna.

"¡Mírenme!", grita Puerquito.

Hipo y Conejita le aplauden. Piensan que patina muy bien.

Acrobacias locas

Acrobacias locas

Puerquito quiere mostrar a los demás sus nuevos trucos en patines, así que regresa al arenero donde Perrito, Zorrillo y Tortuga continúan jugando.

"Tengo unos trucos nuevos", les dice Puerquito. "¿Están listos para mi Súper Espectáculo de Patinaje?"

"Sabemos que patinas muy bien", dice Tortuga. "No tienes que presumirnos."

De cualquier forma, Puerquito empieza su rutina de patinaje. Patina hacia atrás y en una pierna, y les grita: "¡Mírenme!"

Tortuga no quiere ver, pero Perrito y Zorrillo dejan lo que están haciendo para verlo. Puerquito salta en un patín. Zorrillo grita y le aplaude a su amigo.

"¡Mírenme!", grita de nuevo. Puerquito patina hacia atrás en una pierna.

A Zorrillo y Perrito les gusta el truco y le piden que lo haga de nuevo. Incluso Tortuga observa esta vez. Puerquito está dando un buen espectáculo.

Al poco rato se le acaban los trucos.

El tesoro de los valores

Sus amigos vuelven a hacer su castillo de arena. El Súper Espectáculo de Patinaje de Puerquito terminó.

Esa noche, Puerquito se queda despierto en la cama, intentando pensar en nuevos trucos de patinaje para que sus amigos los disfruten. Puerquito no es muy bueno para hacer castillos de arena o bailar, pero sí es muy bueno con sus nuevos patines.

Los aplausos de sus amigos lo hacen desear ser el mejor. Quiere crear una exhibición espectacular de patinaje para sus amigos.

Cuando Puerquito se queda dormido, sueña que es un famoso patinador acróbata. Mucha gente llega de todas partes a ver los sorprendentes trucos de Puerquito.

En su sueño, Puerquito es la estrella del espectáculo. Patina a través de aros y sobre rampas. ¡Hasta salta sobre una fila de autobuses! Da vueltas y giros, y el público le pide más. ¡Todos le aplauden!

A la mañana siguiente, a Puerquito se le ocurre un gran truco. Se pone sus patines y pasa la mañana practicando saltos y giros.

Acrobacias locas

Acrobacias locas

Puerquito está listo para mostrar su nuevo truco a sus amigos.

"¡Bienvenidos al sorprendente espectáculo de Puerquito!", anuncia. "¡Ahora ejecutaré un impresionante truco de giros llamado el Torbellino Triple!"

Perrito, Zorrillo y Tortuga miran su acrobacia. Puerquito retrocede y patina hacia adelante.

¡Tomando vuelo, Puerquito salta al aire! Gira su cuerpo una vez, dos veces, y casi una tercera antes de caer al suelo.

Tortuga corre a su lado. Puerquito se raspó la rodilla.

Puerquito se levanta. "No es nada", dice. "Estoy bien. ¡Además, el espectáculo debe continuar!"

"¿Estás seguro de que es una buena idea?", pregunta Tortuga. Pero Puerquito no le presta atención porque se aleja patinando para intentarlo de nuevo.

El segundo intento de Puerquito es verdaderamente espectacular. ¡Salta y gira tres veces en el aire, y esta vez cae suavemente sobre sus patines!

Zorrillo y Perrito gritan y aplauden. Incluso a Tortuga le asombra el truco.

Puerquito se va patinando al parque. Quiere que todos sus amigos vean la nueva acrobacia.

Ratoncita y Oso están jugando en la resbaladilla.

Puerquito dice: "Les presento a Puerquito, el Patinador Espectacular! ¡Ejecutaré mis mejores trucos para ustedes!"

Puerquito hace todos los trucos que conoce y termina su rutina con el Torbellino Triple. ¡Ratoncita y Oso están verdaderamente asombrados!

"¡Más, más!", gritan.

Puerquito ya no sabe más trucos, pero no quiere decepcionar a sus amigos.

Piensa un momento. Las acrobacias de su sueño eran demasiado difíciles y no podría hacerlas ahora, no sin mucha práctica. Pero Puerquito ve la resbaladilla y entonces se le ocurre una idea.

"¡Puedo bajar la resbaladilla patinando y caer de pie!", les presume a sus amigos.

"Espera", dice Oso, "¡eso me parece peligroso!"

"¡A mí me gustaría verlo!", dice Ratoncita.

Acrobacias locas

"Será mi mejor truco", dice Puerquito. "¡Llamen a los demás para que lo vean!"

Cuando Tortuga y Perrito se enteran del plan de Puerquito, corren a la resbaladilla. Puerquito está viendo lo alto de la resbaladilla. Aún no ha subido las escaleras.

"¿Es cierto?", pregunta Perrito. "¿Vas a bajar por la resbaladilla patinando?"

"Bueno, sí", responde Puerquito y toca la lisa y resbalosa superficie de la resbaladilla.

"¡Eso es algo muy loco!", dice Tortuga. "¡Podrías lastimarte haciendo una acrobacia así!"

Oso y Conejita piensan igual. Nadie quiere ver que su amigo se lastime.

"Pero prometí mostrarles un nuevo truco", dice valientemente Puerquito. "¡Y el espectáculo debe continuar!"

"No necesitas presumirnos a nosotros", dice Perrito. "¡Somos tus mejores amigos!"

Tortuga agrega: "No necesitamos ver un montón de acrobacias locas. ¡Preferimos ver completo a nuestro amigo!"

El tesoro de los valores

A Puerquito le agrada que sus amigos hayan llegado a detenerlo. "Estaba realmente asustado de hacer ese truco", admite. "Creo que fui muy tonto al presumir así."

"¡Eres el mejor patinador que conocemos!", dice Tortuga, y todos están de acuerdo con él.

"Todos son buenos en algo", agrega Conejita. "Perrito es el mejor con los castillos de arena, y yo soy la mejor bailando."

"Pero no tenemos que armar un espectáculo para probarlo", agrega Perrito.

"Los aplausos y los gritos son agradables", dice Conejita, "¡pero sobre todo nos gusta compartir nuestras mejores habilidades con nuestros amigos!"

Puerquito promete que tendrá más cuidado. No quiere lastimarse patinando.

"¡Pero tengo un truco más que mostrarles!", dice. "Es una acrobacia sorprendente que me enseñaron mis amigos."

Puerquito se sienta y se quita los patines. Se sube a la resbaladilla y se lanza, de manera simple y segura. Sus amigos le aplauden y gritan más que nunca.

La alegría de ayudar

Escrito por Amy Adair

Es un hermoso día. El sol brilla, y Perrito y sus amigos disfrutan su caminata a la escuela.

Conejita baila delante del grupo, mostrándoles un nuevo paso de ballet a Gatita y Ratoncita.

Oso y Perrito hablan sobre un nuevo juego para el recreo. De pronto, Conejita deja de bailar y continúa caminando calladamente con Perrito.

"¿Qué sucede?", le pregunta Perrito. Conejita no dice nada, tan sólo frunce el ceño y señala la descuidada casa que están pasando.

Perrito siente miedo cuando pasan rápidamente frente a la tenebrosa casa. Parece como si el pasto no hubiera sido cortado en semanas, y no hay flores.

Gatita susurra: "Esta casa se ve horrible. Me asusta."

Ratoncita piensa lo mismo y salta junto a sus amigos para ir a su paso.

Casi de inmediato, los amigos alcanzan a ver su bien pintada escuela roja. Todos dan un suspiro de alivio.

La alegría de ayudar

La alegría de ayudar

"¿Quién creen que viva ahí?", pregunta Conejita dando vueltas con gracia y ligereza.

"No lo sé", responde Ratoncita.

"Apuesto que ahí no vive nadie", dice Oso.

"Creo que tienes razón, Oso", dice Perrito. "Y apuesto que van a derribar esa casa."

Todos piensan igual que Perrito.

Entonces, Oso y Perrito empiezan a hablar otra vez sobre el recreo. Oso está ansioso por enseñarle a Perrito un juego nuevo.

Ratoncita le dice a Conejita que la mañana es su parte del día preferida porque la señorita Gallina siempre les lee un cuento.

Conejita se ríe y da un paso final de baile al subir las escaleras de la escuela.

Todos se olvidan de la casa tenebrosa y corren a sentarse a escuchar el cuento matinal de la señorita Gallina.

"¡Buenos días!", les dice cálidamente la señorita Gallina a sus alumnos.

"Buenos días, señorita Gallina", contestan todos a coro.

Perrito y sus amigos toman asiento.

El tesoro de los valores

"Hoy", dice la señorita Gallina, "vamos a leer un cuento sobre ayudar a gente necesitada".

Conejita sonríe. Le encanta ayudar a la gente, así que pone mucha atención en el cuento de hoy.

La señorita Gallina abre un enorme libro y se pone de pie frente al grupo. Lee sobre cómo al tender una mano para ayudar, podemos alegrarle el día a alguien.

La señorita Gallina da vuelta a la página y lee sobre dos amigos llamados Gato y Tigre. En el cuento, Gato perdió su cometa favorita en un árbol y no pudo alcanzarla para bajarla. Gato estaba muy triste y hasta se puso a llorar. Pensó que había perdido su cometa para siempre.

Tigre no quería ver tan triste a Gato. Como él era mucho más alto, logró alcanzar fácilmente la cometa.

"Ayudar nos hace sentir mejor a todos", dice la señorita Gallina. Cuando termina el cuento, Conejita levanta rápidamente la mano y le pregunta si conoce a alguien que necesite ayuda.

La señorita Gallina le sonríe a Conejita y dice: "Sí, sé de alguien que necesita ayuda."

La alegría de ayudar

"Yo también quiero ayudar", dice Perrito.

"Y yo", dice Oso.

"Yo también", dice Gatita.

"No se olviden de mí", dice Ratoncita.

La señorita Gallina le cuenta al grupo sobre la señora Panda. Ella necesita que alguien la ayude a cuidar su césped y a plantar flores. La maestra agrega que esa señora adora ver caras felices.

Todos empiezan a hablar animadamente sobre cómo van a ayudar a la señora Panda.

"¿Cuándo podemos ir a su casa a ayudarla?", pregunta Oso.

"Bueno, creo que después de clases puedo mostrarles dónde vive", dice la señorita Gallina.

La señorita Gallina se siente muy orgullosa de todos sus alumnos. Sabe cuánto significará para la señora Panda que alguien la ayude. La señorita Gallina también sabe que el ver a jovencitos le alegrará el día a la señora Panda.

Conejita y Ratoncita esperan ansiosas a que terminen las clases. Perrito y Oso pasan el recreo hablando sobre la ayuda que le darán a la señora Panda, en vez de jugar su nuevo juego.

En cuanto suena la campana, la señorita Gallina lleva a los amigos a la casa de la señora Panda.

Perrito casi no lo puede creer cuando la señorita Gallina se detiene frente a la casa tenebrosa junto a la que pasaron esa mañana camino a la escuela. "¡No puede ser que aquí viva la señora Panda!", dice Conejita.

Antes de que alguien pudiera decir algo, la señora Panda abre la puerta y sonríe. De alguna forma la casa ya no parece tan tenebrosa. La señorita Gallina saluda a la señora Panda y les dice a sus alumnos que los verá mañana en la escuela.

Los amigos se ponen a trabajar enseguida. Perrito y Oso recogen las hojas, y Gatita y Conejita riegan las plantas.

Como siempre, Ratoncita es demasiado pequeña para ayudar, así que se sienta con tristeza en el portal a mirar a sus amigos.

Ratoncita se siente muy triste y sola. Desearía poder hacer algo también para ayudar a la señora Panda.

Entonces, Ratoncita ve que la señora Panda está sentada sola también en el portal. En ese momento, la señora Panda ve lo triste que está Ratoncita y se le ocurre algo.

La alegría de ayudar

La alegría de ayudar

"¿Podrías ayudarme a leer este libro, por favor?", le pregunta amablemente a Ratoncita, y señala el libro que tiene sobre su regazo.

Al principio, Ratoncita se siente un poco avergonzada porque hay algunas palabras que no sabe cómo pronunciar. La señora Panda le dice que ella la ayudará a pronunciar todas las palabras difíciles. Entonces, Ratoncita se sienta en su regazo y empieza a leer. Tropieza en algunas palabras, pero la señora Panda gentilmente la ayuda a pronunciarlas.

Ratoncita disfruta leer para la señora Panda, y la señora Panda adora escuchar la lectura de Ratoncita. ¡Las dos se hacen amigas al instante!

Poco rato después, el jardín de la señora Panda luce hermoso y Ratoncita termina de leer el libro.

"Gracias por leerme ese cuento", le susurra la señora Panda.

Ratoncita le sonríe a su nueva amiga.

La señora Panda observa el trabajo que hicieron Perrito, Oso, Gatita y Conejita. ¡Está realmente asombrada! ¡Su enorme jardín luce muy limpio y ordenado!

Perrito dice que quiere regresar la semana siguiente para volver a arreglar el césped. Oso dice que él también regresará a ayudar.

Conejita y Gatita le dicen a la señora Panda cuánto les gustaría cuidar sus plantas.

"Adoro plantar flores", dice Gatita.

"Y a mí me encanta regarlas", agrega Conejita. Gatita y Conejita forman un excelente equipo.

Ratoncita dice en voz baja que le gustaría regresar a leerle a la señora Panda.

La señora Panda les sonríe a todos sus nuevos amigos y dice: "Son bienvenidos, regresen cuando lo deseen." Está feliz con todos sus pequeños ayudantes.

Los amigos caminan juntos de regreso a casa y platican sobre lo mucho que les gustó ayudar a la señora Panda. Están ansiosos por regresar a ayudarla otra vez.

Ratoncita está muy callada porque piensa que ella no ayudó en nada a la señora Panda. Desearía poder ser tan grande como el resto de sus amigos.

La alegría de ayudar

Al día siguiente, los amigos caminan juntos a la escuela. Ansían llegar a la casa de la señora Panda.

Esta vez saludan a la señora Panda cuando pasan frente a la casa. Ella está sentada muy contenta en su portal, esperando a sus amigos ayudadores.

Les hace una seña para que se acerquen a verla. ¡Y les da a Gatita, a Oso y a Perrito una bolsa llena de galletas!

"Gracias por ayudarme ayer", les dice alegremente a sus amiguitos.

"Realmente nos gusta ayudarla, señora Panda", contesta alegre Perrito.

"Fue un verdadero placer conocerlos", dice la señora Panda y le da también una bolsa de galletas a Conejita. Ella le sonríe, porque disfrutó mucho ayudándola.

Ratoncita es la última en recibir sus galletas. "Gracias por ayudarme", le dice la señora Panda y le da unas suaves palmaditas en la cabeza.

Ratoncita le sonríe a la señora Panda, pero desearía haber podido ayudar a limpiar el jardín.

La señora Panda les dice que se den prisa para no llegar tarde a la escuela.

Los amigos corren a la escuela para contarle a la señorita Gallina cuánto disfrutaron ayudando a la señora Panda.

La señorita Gallina los recibe en la puerta de la escuela, y todos empiezan a hablar al mismo tiempo.

Perrito dice que le encantó arreglar el césped de la señora Panda. También le dice a la señorita Gallina que ayudar a alguien lo hizo sentir muy bien, y está ansioso por regresar.

Oso piensa igual, y dice que quiere ayudar en el jardín de la señora Panda cada semana.

Conejita y Gatita explican cómo plantaron flores nuevas para la señora Panda. Le dicen a la señorita Gallina que van a regresar la semana siguiente a regar las plantas.

Ratoncita está muy callada. Cree que nadie se da cuenta de que está ahí. También piensa que nadie se dio cuenta de que ayer estuvo en la casa de la señora Panda.

Todos entran rápidamente a la escuela, excepto Ratoncita y la señorita Gallina.

La alegría de ayudar

El tesoro de los valores

"¿Y te gustó ayudar a la señora Panda?", le pregunta en voz baja la señorita Gallina a Ratoncita.

"Yo no ayudé en nada. Soy demasiado pequeña", responde Ratoncita y le dice que mientras los demás trabajaban muy duro en el jardín, ella sólo le leyó un cuento a la señora Panda.

La señorita Gallina nota que Ratonita lleva una bolsa de papel marrón, y le pregunta qué guarda adentro.

Ratoncita le dice que la señora Panda les dio galletas a todos esa mañana para agradecerles la ayuda. Ratoncita abre la bolsa para mostrarle a la señorita Gallina y encuentra una nota que dice:

Querida Ratoncita:

Ayer fuiste tú quien más me ayudó. En ocasiones, mis ojos ya no me permiten leer durante mucho tiempo. Lees con una voz muy agradable. Por favor regresa de nuevo a leer para mí. En verdad alegraste mi día.

Con cariño,
La señora Panda

La imaginación

Escrito por Brian Conway

Es un día lluvioso, y Perrito invita a Hipo a su casa. Sacan todas las cosas de su caja de juguetes, buscando algo divertido para jugar.

Perrito arroja su pelota y los libros de ilustraciones viejos. Hoy no tiene humor para jugar con ellos. Ni siquiera se molesta en recoger los juguetes.

Hipo mira por la ventana. Desearía que dejara de llover para poder salir a jugar.

"Estoy aburrido", dice Hipo. "¿Qué hacemos ahora?"

"No sé", contesta Perrito. "Ojalá pudiéramos salir a jugar al jardín."

Hipo encuentra un juego de mesa bajo el sillón.

"Juguemos a esto", sugiere. "¿Quieres la ficha azul o la púrpura?"

"¡Qué aburrido!", dice Perrito. "¡Ni siquiera deberían llamarlos juegos!"

"Los días lluviosos son los peores", suspira Hipo. "¡No hay nada que hacer más que sentarse a mirar."

La imaginación

La imaginación

Observando las paredes y el piso, Hipo busca algo divertido en el cuarto de juegos de Perrito, pero nada parece divertido. Hipo intenta pensar qué pueden hacer.

"¡Tengo una idea!", dice Hipo. "¡Ya jugamos con todo lo que hay aquí, así que ahora juguemos con algo que no está aquí!"

"¿De qué hablas, bobo?", dice Perrito, riendo.

"¡Podemos fingir!", dice Hipo.

Se le ocurre un juego nuevo y lo llama "adivina quién". Hipo piensa en alguien y actúa como esa persona. Perrito debe adivinar a quién está imitando.

Hipo se sienta en el suelo, mueve un pie y sus brazos, y hace un gracioso ruido retumbante.

"Brrroom", dice. "¿Adivina quién soy? ¡Brrroom!"

"¿Eres una revolvedora de cemento?", bromea Perrito.

Hipo se ríe también. "Adivina otra vez", dice, dando la vuelta con un volante imaginario. "¡Errr! ¡Brrroom!"

"¡Ya sé!", dice Perrito. "¡Eres un piloto de carreras!"

Hipo le aplaude a Perrito y dice: "¡Sí!"

Perrito inventa otro juego de imaginación y lo llama "adivina qué". En este juego, Perrito finge ver algo en el cuarto de juegos, y le da a Hipo algunas pistas de lo que se supone que está viendo.

"Creo que me treparé en él para cortar una manzana roja", finge Perrito.

Hipo adivina inmediatamente. "¡Un árbol!", grita.

Perrito empieza otro juego de "adivina qué".

"Ahora mira esto", dice Perrito, señalando el suelo vacío. "Es redonda y tiene tres orificios por un lado." Perrito hace como si levantara algo. "Uuuy, es muy pesada", comenta entre risas.

Simula que la hace rodar por todo el piso y luego finge ver cómo se va rodando. ¡Perrito se ríe y hace un ruido como si algo chocara estrepitosamente!

Hipo también se ríe muy fuerte. Se ríe tanto que no puede adivinar. "¡Creo que es una bola de bolos!", dice finalmente. ¡Hipo adivinó!

"¡Esto es muy divertido!", dice Perrito.

La imaginación

A medio juego, suena la campana de la puerta de Perrito.

Gatita, Oso y Tortuga están parados afuera en la lluvia. Perrito los invita a pasar.

"Estábamos en la casa de Gatita", dice Oso, "pero no teníamos nada que hacer".

"Estábamos muy aburridos", dice Tortuga.

"¡Así que vinimos a ver si ustedes se estaban divirtiendo!", agrega Gatita.

Hipo les cuenta que también estuvieron muy aburridos.

"¡Después inventamos unos juegos!", dice Perrito. "¡Son muy divertidos, y no necesitas ningún juguete!"

"¡Adivinen qué estoy haciendo!", grita Hipo, y luego finge sostener una regadera que parece vaciar sobre la mesa. Perrito no puede dejar de reír lo suficiente para explicarles el juego a sus confundidos amigos.

"¿Qué está haciendo?", pregunta Tortuga.

"¡Está regando una flor imaginaria!", dice Perrito.

Hipo y Perrito se ríen. Gatita, Oso y Tortuga se miran entre sí. No entienden qué es tan divertido.

Perrito les explica a sus otros amigos cómo jugar los nuevos juegos de imaginación. "Necesitan usar su imaginación", dice. "Pueden fingir ser alguien. ¡Ese juego es 'adivina quién'! ¡Es muy divertido!"

"O pueden fingir ver algo", dice Hipo. "Ese juego se llama 'adivina qué'."

Perrito apaga rápidamente las luces. "¡Juguemos 'adivina dónde'!", dice. "Imaginen que están en un oscuro lugar subterráneo. Ahora díganme qué ven."

Gatita ya entendió. "¡Ay! ¡Veo un murciélago!", grita.

"¡Yo atravesé una telaraña!", dice Oso. "¿Pero dónde está mi linterna?"

"Yo estoy demasiado alto", agrega Hipo.

Tortuga sigue sin saber lo que sus amigos fingen ver y enciende la luz. "¿Fingían que estaban en una cueva oscura, verdad?", adivina. "¡Pero a mí me sigue pareciendo el cuarto de juegos de Perrito!"

"¡Ganaste!", le dice Perrito a Tortuga. "¡Ahora te toca inventar un sitio imaginario!"

La imaginación

"Quizá me quede un juego más", dice Tortuga. "Ahora, déjenme pensar."

Tortuga piensa un largo rato, después se sienta en el suelo y sigue pensando más.

"Muy bien", dice, "¡adivinen dónde estoy!"

"¿Estás en la escuela?", bromea Hipo. Tortuga niega despacio con la cabeza.

"Pareces aburrido", dice Perrito. "¿Estás viendo una película boba?"

"Sigan adivinando", contesta Tortuga sonriendo.

"Está muy difícil", dice Oso. "Nos rendimos."

Tortuga mira a su alrededor y frunce el ceño de nuevo. "Imaginé que estaba lloviendo afuera", dice, "¡y que todos estábamos encerrados en la casa de Perrito!"

Perrito y los demás se ríen muy fuerte.

"Qué gracioso eres, Tortuga", dice Perrito. "¡Y tienes una gran imaginación! Inténtalo otra vez."

"Piensa en cualquier lugar", dice Hipo, "y estaremos ahí contigo".

Tortuga dice que jugará otro juego de "adivina dónde". A Tortuga se le ocurre un extraordinario lugar para ese juego. "Estamos en una construcción de piedra enorme con altos muros alrededor", dice sonriendo.

Nadie puede adivinar lo que Tortuga está imaginando.

Señalando a Perrito, dice: "¡Veo un valiente caballero que viene cabalgando!"

Acercándose a Gatita y a Oso, Tortuga agrega: "Y ustedes deben ser la hermosa princesa y su padre, el rey."

¡Hipo empieza a reírse! "Es un castillo, ¿verdad?", dice ruidosamente.

Tortuga se está divirtiendo mucho. Se acerca a Hipo. "¿Qué es esto?", dice, señalando la nariz de Hipo. "¡Oh, cielos! ¡Un dragón lanzafuego gigante y volador!"

"¡Corran!", gritan los demás.

Los amigos se divierten tanto que deciden seguir jugando el juego de Tortuga de "adivina dónde". ¡Es el mejor juego del día! Perrito y Tortuga incluso hacen un castillo con una caja de cartón vacía.

La imaginación

La imaginación

Perrito tiene una gran idea. "¡Juguemos 'adivina quién', 'adivina qué' y 'adivina dónde' al mismo tiempo!", sugiere. "¡Haremos una obra de teatro!"

"¡Necesitaremos disfraces!", dice Gatita. Ella y Oso hacen sombreros para todos.

Tortuga quiere ser el bufón de la corte en la obra y se hace un simpático traje con una bolsa de papel.

Hipo y Perrito comentan los tipos de cosas que verían en un castillo verdadero.

"Mi caballo está en el establo", dice el Caballero Perrito, quien corre a sacar una escoba del armario.

Fingiendo ser un dragón volador, Hipo se hace unos dientes puntiagudos y unas alas.

"Un dragón debe tener una tenebrosa madriguera", dice Hipo, y hace un escondite de dragón.

El cuarto de juegos de Perrito comienza a parecer un escenario. El juego del castillo de Tortuga se vuelve cada vez más real, y ahora los amigos están casi listos para comenzar su obra.

El tesoro de los valores

Perrito y sus amigos van improvisando la obra. A veces, sus imitaciones son demasiado bobas, y de vez en cuando, el bufón Tortuga los hace reír tanto que tienen que detenerse.

Pero están pasando una tarde maravillosa, y su obra les parece muy real. Justo ahí en el cuarto de juegos de Perrito, los amigos viven una emocionante aventura.

"¡El malvado dragón capturó a mi hija!", anuncia el Rey Oso en el castillo.

Don Perrito monta su caballo imaginario. "¡Salvaré a la Princesa Gatita!", dice.

"¡Bufón!", exclama el Rey Oso. "¡Muéstrale a Don Perrito el camino hasta la madriguera del dragón!"

Tortuga le muestra el camino hasta el escondite de Hipo, y escuchan los gritos de auxilio de la Princesa Gatita. De pronto, el dragón sale de su madriguera. ¡Extiende sus alas y ataca a Don Perrito!

"¡Hmm, buu!", dice Hipo suavemente. ¡Los demás no pueden parar de reír!

"¡No eres un dragón muy aterrador!", bromea Tortuga.

"De acuerdo", dice Hipo, "¡entonces supongamos que te estoy lanzando fuego por el hocico!"

Tortuga corre a esconderse, mientras el valiente Don Perrito se enfrenta cara a cara con el dragón.

¡Don Perrito gana la batalla contra el dragón lanzafuego y rescata a la Princesa Gatita de la lúgubre madriguera! El Rey Oso le entrega un fino corcel nuevo y todos lo aclaman.

"¡Eso fue divertido!", dice Tortuga al terminar su obra. "¡Tal vez los días lluviosos no son tan malos después de todo!"

"¡Esperen!", dice Perrito. "¡Nuestra actuación aún no ha terminado!"

"¡Todos tenemos que hacer una reverencia!", dice Hipo. "¡Adivinen por qué!"

"¡Yo sé!", dice Gatita. "¡Nuestra obra fue todo un éxito, y le encantó a toda la gente imaginaria de nuestro público imaginario!"

"¡Correcto!", dice Hipo, señalando una pared vacía cerca de su escenario. "¡Ahora mismo nos están aplaudiendo!"

"¡Bueno, imaginen eso!", dice Tortuga, girando hacia a la pared para hacer una reverencia.